年轮

结实的经验是人生的馈赠
它将你我连接起来

寻常百姓家

么书仪 著

社会科学文献出版社
SOCIAL SCIENCES ACADEMIC PRESS (CHINA)

目　录

序 一

洪子诚

　　么书仪的父亲母亲，在二十世纪三四十年代生活在河北丰润县农村，后来迁往唐山。在四十年代中期，落脚北京城，很长时间居住在西城。和许多中国的普通人、普通家庭一样，在四十年代到二十世纪末动荡、变化激烈的时代变迁中，他们的遭遇、命运，不可避免地受制于这期间发生的政治运动、社会变革、经济转折的浪潮。《寻常百姓家》讲述的，就是在大时代的背景下，特定的某些普通人的物质、精神的生活方式，他们的期待、向往，他们的成功和失败，他们的喜怒哀乐。这里提供的事实、生活细节，正是以某一特异的"细胞"的剖面，来显示社会变迁的约略光影。

　　么书仪相信器物、情感、想象，会因时间的淘洗、磨损而改变面貌，她也经常为这种不可阻挡的损毁而伤感。但她更相信，诸如责任、诚实、自尊、羞耻心、努力等等的"人生的道理"是永恒不变的。她认为，对于自己来说，这要比另外的那些有时显得很辉煌，但其实是虚幻泡沫的东西重要得多。个体对时代潮流虽然难以抗拒，不过，世代积累的普通人的生存智慧，也构筑了各种空间、缝隙，以保存、延续某些世代相传的生活伦理和情感方式。

么书仪是个认真的人，从我这种不太认真、随遇而安的人看来，有时认真得有点过分，因此或许可以称之为"较真"。目睹她做元代文人心态、晚清戏曲变革的研究那么辛苦，心想写一本回顾过往的书，对她殚精竭虑的学术研究，应该是一种放松和调剂。至少，"记忆"的模糊性质、不确定性，它存在的某种"再创造"的特点，可以降低那种"较真"的程度了吧。后来发现这是错了。

为了准备写这本书，她在父母亲健在的时候录制了几十盒的录音不说（用的仍是老式的磁带录音机，不是数码录音笔），还不厌其烦地查对资料，找"知情人"反复核对事件发生的日期和具体细节。另外，因为回忆中涉及许多人和事，它们并不都适合"秉笔直书"，带着很不情愿的心情做详略增删的处理，选择恰当的措辞和表达，也都让她苦恼而费尽心思。有的时候，她也明白不必全这么去做，却拗不过自己的"本性"。不是说"江山易改，本性难移"吗？

本书在回顾往事的时候，坚持的是"不虚美，不隐恶"的信条，"真实"是认定的前提，也是最高标准。她确实也是按照她自己对"美""恶""真实"的理解来处理所写的生活情境的。

2　　我是这些文字的最初读者，我对回忆的"真实"既存有疑惑，有时也会产生那样的想法：必要的时候，"虚美"和"隐恶"也在所难免，甚且需要。因此，在具体写法上，就常会发生争辩。这当然会影响到书中的一些叙述，也就是在她最初确立的"真实"坐标上，有些地方的标准有所降低。"降低"，当然不是说真假不辨，以假乱真，而是说有所节制。

还在做"晚清戏曲的变革"这个研究专题的时候，么书仪就开始筹划有关家庭和个人生活经历回顾的随笔集。产生这样的写作动机，在她主要出于两点考虑。一是1993年底从日本回来之后，到2005年，她的母亲和父亲相继离开这个世界。家庭、父母在她的生活中占有重要的，甚至也可以说是别的方面都难以替代的地位。她觉得她的一生，无论是生活、事业，还是为人处世的规矩、习惯，那些值得肯定的方面，大都来自家庭的耳濡目染、父母的言传身教。因此，应该对他们有所纪念，为他们写点文字。另一个原因，则是对自己几十年生活经历的回顾，反思，也可以说是一种"自我纪念"吧。

但事实上，"寻常"的"百姓"的讲述，对"历史"什么的其实是无关紧要的。讲述者因这种讲述，使自己的思绪有所落实，有一个安慰自己的相对稳固的居所，这倒是更为要紧的事情。

2008年10月

序　二

洪　越

《寻常百姓家》是妈妈纪念她的父母，也就是我的姥姥姥爷的书。

虽然说每一本书里面必包含著作者的心血，但这本书对妈妈的意义尤深。在相当长的一段时期里，写这本书成为妈妈继续生活的动力。妈妈和姥姥姥爷的感情很深。她小的时候，姥姥姥爷没有稳定的工作，为了维持一家七口的衣食，姥爷什么活儿都做过：临时工、烧锅炉，甚至捡马粪。虽然家里的生活很苦，但姥姥姥爷不肯让孩子初中或者高中毕业以后工作帮助养家。他们立下志愿，只要儿女能考上大学，就尽量供他们上，好让他们有个好前程。妈妈常说，自己能有今天，都是姥姥姥爷给的。1993 年目睹姥姥患癌症去世，妈妈一下子老了许多。2005 年，姥爷从摔倒脑出血到去世有九个月的时间。看到父亲在体力和脑力上一步步衰退，走向死亡，对妈妈又是一个沉重的打击。姥姥去世的时候，我在上大学，关注的是自己那一人生阶段的烦恼；姥爷去世的时候，我已经在美国读书，更没能分担妈妈的悲痛。在那段艰难的日子里，妈妈开始整理姥姥姥爷生前留下的录音，决定写一本书纪念他们。妈妈虽然没有说，可是我觉得，在姥爷去世的那段时间里，写这本书是妈妈生活中的重要支柱。

我对姥姥姥爷的记忆都是美好而温暖的。在姥姥姥爷高碑胡同的一间半窄房里，我度过了童年和少年最快乐的时光。姥姥常给我讲她小时候的故事，比如她十八岁嫁给姥爷的时候不会做家务，结果一年之内把姥爷家的碗全打碎了；还有姥姥小时候过年，看十几个父辈叔伯排成一大排给祖宗磕头，觉得他们磕得很帅；还有姥姥听说的鬼故事。我也怀念在姥姥姥爷家度过的无数周末和寒暑假：早上和姥姥去中山公园锻炼身体，中午看姥姥做饭、看姥爷记账，听姥姥讲故事。过年的时候，看姥姥炖肉、包饺子、蒸面做的刺猬和兔子。姥爷卖小商品、小玩意儿的时候，我晚上趴在圆桌上"研究"贴画。也有一阵儿姥爷卖水果，每天晚上我们就把放不到第二天的水果挑出来吃掉。那一阵子，我吃了很多水蜜桃。

这本书纪念的也是人最朴素的一些品格。姥姥姥爷一生的大部分时间经济上不宽裕，用最基本的家具，穿最普通的衣服，吃最简单的食物。但是在我的印象中，他们从不抱怨生活中的缺憾，相反，他们因实现自己的人生目标而感到满足。我上初中的时候，有一阵子喜欢思考人生的意义，就去问姥姥姥爷，他们的人生目标是什么。他们告诉我，他们的目标就是把孩子抚养成人，让他们受教育，希望他们都有好的生活。应该说，姥姥姥爷的人生目标实现了。在他们的五个孩子里，舅舅当了工程师；妈妈硕士毕业以后在中国社会科学院文学所做研究；二姨在北京一所大学的校办公室工作；三姨在人民大学当老师；小姨因为"文革"，只高中毕业，可是后来上法律夜大，做法律咨询的工作。每次说起，姥姥姥爷都为自己的孩子骄傲。虽然他们生活不宽裕，可是过得很从容。姥姥姥爷为人乐观、通达。他们很少抱怨，常站在别人的立场上，体会别人的难处，而他们对生活的兴致常给周围的人带来快乐。像磁铁一样，他们吸引着我们家族里的每一个人。我们不管有什么烦恼，到他们那里就烟消云散了。我小的时候最佩服姥姥，用现在的话说，姥姥是我的偶像。当时想，等我做了姥姥，也要像姥姥一样。现在虽然没有做姥姥，可是逐渐明白，要想像姥姥姥爷那样不容易，非有宽大的胸怀不可。

对读者，这本书提供了理解中国二十世纪社会历史的一个角度。历史向来有"大历史"和"小历史"。"大历史"着重分析政体、政策、领导层对社会的影响；"小历史"则从细部着眼，看个人、家庭在社会变化中的处境。最近十年，中国出了不少家族史和回忆父亲母亲的书，都是属于从细部着眼的"小历史"。《寻常百姓家》也可以放在这个脉络里面来看。但是，《寻常百姓家》和其他回忆父母的书有两个区别，一个是书写的对象不同，另一个是材料的来源不同。市面上回忆父母的著作的书写对象大多是政治名人和文化名人，《寻常百姓家》的书写对象不是名人，而是普通人。姥姥出身于唐山的官宦人家，出嫁后是家庭妇女；姥爷是小土地所有者的儿子，是二十世纪三四十年代做股票和投资小工厂的商人，是1949年后的失业者和临时工，是二十世纪八十年代改革开放后的个体户，是九十年代股票市场开放后投资做股票的人。他们是中国众多老百姓中的两个，而这本书讲的是一个普通人家在二十世纪中国不断变迁的社会中生存、奋斗、寻找希望的历史。

这本书的材料也和大部分回忆父母的书不太一样。家族史或者回忆录的材料通常是作者的记忆，但是这本书的材料也包括姥姥姥爷的口述实录。姥姥姥爷年轻时的经历，是妈妈根据姥姥姥爷的三十六盘录音带整理的。妈妈肯定老早就有记录家族历史的想法，因为她在九十年代初就从日本买了好多录音带，"采访"姥姥姥爷，请他们讲自己的故事。那时候录音带还是新鲜事物，我还记得姥姥姥爷第一次听到录音机里自己的声音时的诧异表情。尤其是姥姥，原以为离开家乡唐山到北京已有四十年，唐山口音早就没了，一听录音才发现自己乡音未改。我也记得姥姥姥爷在接受"采访"时，会不经意间讲出不同版本的故事。即使是他们结婚后一起经历的事情，两人也会有不同的印象，或者一个人记得的事另一个人不记得。我印象最深的是姥姥笑姥爷喜欢讲自己如何"过五关，斩六将"，却不喜欢讲自己怎么"走麦城"。所以，姥姥和姥爷的回忆会有不同的侧重。姥爷讲自己怎么从农村出来，在天津、北京闯荡，怎么学做股票，挣了钱以后怎么买房子，怎么把姥姥接到北京，怎么成为京剧迷（就是现在的"粉丝"），甚至坐火车到上海看杨小楼的演出。姥姥就会补充姥爷"走麦城"的故事，比如股票赔钱的时候，得把先前买的首饰卖掉抵债，有一次姥爷逃债不知跑到哪里，债主追到家里住了半年，姥姥每天给债主做饭吃。如此，在姥姥姥爷的讲述中，早已有了不同的视角，再加上妈妈自己的角度，在一本书中，我们可以听到不同的声音。

从写作到出版，这本书经过许多曲折。妈妈写姥姥姥爷的一生，涉及很多在世的亲人。不可避免的，对一件事的记忆、叙述上的取舍，大家有不同的意见。对这些意见，妈妈花了很多时间斟酌，有些地方做了相应的删削。记得三年前爸妈和我去欧洲旅行的时候，在法国南部阿尔勒的一家修道院改成的旅馆里，我们一起商量怎么修改，在哪里出版才能既表达出妈妈的心意又尊重亲人的情感。

最后，我想说，姥姥姥爷在世的时候，为妈妈发表的每一篇文章、每一本书高兴，他们一定也会为这本书高兴。

2010 年 7 月 16 日于北京蓝旗营小区

一　父亲叙述的家族和历史

（1949 年之前）

父亲说：我们的先祖是山东人，在山东的"枣林庄"。

后来，有一支迁徙到唐山西边胥各庄的青庄湖，再后来，么姓的后裔又从青庄湖散落到更南边、更西边的刘各庄、么家泊、于家泊、新庄、新军屯……明代万历年间就已落户在河北省丰润县韩城镇刘各庄的一支，就是我家的祖先。

父亲所属的么家这一支传宗接代的能力一向微弱，《家谱》记录的最后的十代人之中，"单传"的时候多，"两门"的时候少，"一子两不绝"的情况也一再发生，父亲就是。

父亲高祖的时代，么家还是富足的大户，么美玉是地方的乡绅，家里趁三顷（三百亩）多地。

生在前人留下的锦衣玉食之中的么美玉，忘记了农民一生之中的大事首先是娶妻生子、传宗接代，其次是盖房买地、置办田产，给后人留下"基业"，让"齐家"的美名代代相传。

么美玉好酒贪杯，又"耳根子软"，受不得奉承，一壶美酒，特别是几句好话，在"美大爷"那里就什么难处都可以得到解决：周济"孝子"棺木、免去"孤儿寡母"的粮租等都是经常发生的事，而最被广为传播的是，他竟然在酒后把自己的女儿许给了一个口才杰出，却不想勤耕力作的农户，毁了女儿的一生……么美玉在村民的笑话里，落下了"糊涂财主"的"美名"。

他的一生遂意而顺心，用今天的话说，就是一直在"做自己想做的事"，显然的结果就是"三顷地"在他死后只剩下了三亩三分三厘"坟地"——这块地存留下来的原因是"坟地"里埋着"祖宗",卖"祖宗"不合适。

伤了元气的么美玉子孙必须重新开始。

与"双盛永"一生相守的祖父和叔祖父

家业经过了父亲的曾祖、祖父,一直到了父亲的父亲和叔父,也就是我的祖父和叔祖父手里的时候,还是三亩三分三厘"坟地"。

生于光绪二年(1876)和光绪七年(1881)的兄弟俩白手起家,想从卖包子开始谋求"翻身"(父亲的祖父曾经在新立屯当厨工,留下了包包子的手艺),可是,负责跑外的祖父"羞口",不好意思吆喝,所以卖包子的营生一直不景气,经常是满屉的包子热着背出去,凉了背回来。

兄弟俩开始商量长远的、避短扬长的方针大计,最后决定:停止卖包子,举债开商店(当时叫作"开小铺"),二十年以后达到"翻身"。兄弟俩笃信勤俭、努力是"翻身"的根本,他们计划着:事业从无到有、从小到大,家境从穷到富,需要的时间是二十年。

"二十年"是当时农民对于"翻身"时间的一般计算,比如:从一无所有当长工开始,一个长工一年的工钱是六十块钱,"扛活"期间有饭吃,也有时间种自家的地,而且,牲口、大车、碾子、面磨,都可以借用"东家"的,六十块工钱是一年的纯收入。当时的地价是一百块现大洋一亩，五年可以买三亩地，二十年是十二亩，有了十二亩地，一个农家的生活就可以算是"脱"了"贫"、"翻"了"身"。

父亲说，当时，大多数农民都是这样的做法，一辈、两辈、三辈，勤俭努力总会让人越来越富，而弄到赤贫的人，多半是有点"不良嗜好"，沾着点"吃、喝、嫖、赌、抽"，抑或是不喜欢终生都在勤俭、努力之中度日的浪荡子。

祖父和叔祖父相信，"亦农亦商"比"扛活"要付出更多、更复杂的努力，脱贫翻身的时间也自然会提前。

哥俩给小铺取了一个吉利的名字——"双盛永"，取兄弟两个永远兴旺的意思。

他们从一开始就定下了以做"大买卖"的方式进行经营的"基本策略"——精选进货渠道，决不以假乱真；讲究公平信义，决不缺斤少两；不怕付出辛苦。兄弟俩的具体分工也是"扬长避短"的：身体强健却"脸皮薄"的祖父分管"跑外进货"和"种地"，身子骨羸弱却脑筋灵活，能做到"出入账目清楚"和"脸硬"的叔祖父，负责"看摊"经营商店。

按照当时的商业规矩，小铺批量进货和零售都是采用"赊销"的方式，也就是说，买和卖都是平时"记账"年底"结账"。

祖父的"跑外进货"起始是连背带扛，后来是赶着自己的大车，专门到唐山进"美孚""亚细亚"牌煤油，从韩城最好的点心铺"福德斋"进各种点心，到"德记"进醋和酱油，到"福盛昌"进最好的酒，其他烟、茶、糖、盐、纸张、笔墨、绸缎百货、日用杂品，也是到胥各庄、河头的固定商铺进质量最好的货……

因为当时双盛永是刘各庄的第一家，也是唯一的一家小铺，所以开张不久就挣了钱，挣了钱就"置地"，置地之后，小铺所卖的粮食、芝麻、各种豆子就都是由祖父和长工种的，咸菜和酱是自家做的，面粉是自家磨的。叔祖父自己学会了"炒芝麻、蹾香油"……双盛永经营到鼎盛时期，货物品种达到了几百种，除了不卖棺材，基本上可以应付村里的红、白大事。

祖父和叔祖父没有满足于小铺商品的品种齐全，兄弟俩凭着"冬三月"（在冬闲的三个月里，私塾先生收费教授成年人认字和写字）的文化水平，开始钻研一个新的行当——卖药。

在看摊的同时，叔祖父把北京同仁堂药书上的二百五十六种中成药的药理、构成、适应症和禁忌，背得滚瓜烂熟，俨然自修成了一个可以下药的药剂师。一般的头痛脑热、肠胃不和、风火牙疼、无名肿毒、小儿脐风、妇女经期不准，"二老爷"（村民称呼叔祖父）都可以药到病除。他还可以区分"阴霍乱"和"阳霍乱"：阴霍乱的病人手脚冰凉，要吃"卧龙丹"；阳霍乱病人发高烧，另有药可以对症，千万不能用反了……在农民看来，这真是大大的"学问"和"本事"。而在今天看来，叔祖父就是一个无照经营的江湖郎中了。

同时，祖父的"跑外"业务也扩展到北京，他开始进京采买最好的丸、散、膏、丹。从前门火车站下了火车之后，祖父在宝安客栈落脚，那是一个家在刘各庄西边三里地四神庄的远房亲戚——四姑姥爷高胜田在前门外打磨厂开的客栈，住在那里便宜而且也有个照应。

祖父背着钱褡子（搭在肩上前后都可以装东西的布袋），先步行到距离火车站最远的北大后身的易晓堂，从那里购买"开胸顺气丹"起始，然后一路向南，到珠市口周家去买"周氏回生丹"，再拐到杨梅竹斜街的雅观斋，买薛家的"保赤万应散"，最后的大宗药品进货是到同仁堂，然后，再从前门坐火车到胥各庄车站下车，背着采购的丸、散、膏、丹走十五里地回到刘各庄……

寒来暑往、日出日落，从不认路到对北京的胡同了如指掌，祖父在北京蹚出了一条"进药"的最佳路线，回到家还能倒背如流，把自己在京城采买一路上的见闻说给弟弟听……兄弟俩从来没有想过自己的辛苦，他们觉得为养家活口付出辛苦是男人的本分。

双盛永卖北京同仁堂的药在三里五屯开始出名，"二老爷会下药"的说法也不胫而走，在韩城一带，除了镇上的药铺之外，双盛永是第二家。

按照当时的商业规则，一般买卖赢利是一分五厘，可是卖药甚至可以超过五分利，比如：牛黄清心丸在批量进货时，每丸可以平均到三毛钱，零售时却可以卖到七毛……卖药是双盛永财源茂盛的重要原因。

1919年出生的父亲说在他十多岁时候的记忆中，"前店后厂"的家在村子里已经很有规模：前院长宽都是三丈，包括一间门房、两间店铺，拉货的大车和篷子车都停在那里。

第二层院子长三丈，两间东屋住长工，东屋的北邻是牲口棚，里面有一头骡子、一头驴，长工照管着牲口吃夜草；西屋是面磨和仓库，在那里做酱、腌咸菜、磨面；正房三间，进深一丈五尺，西边住着祖父和祖母，东边住着叔祖父和叔祖母，中间是穿堂屋，也是厨房和饭厅。

第三层院子是里院，长四丈余。那里的三间东房里，南边住着父亲和母亲；北边是粮仓和油磨，叔祖父在那里做香油。父亲说，这三间房盖在东边，是因为风水先生说么家旧宅"艮中缺肉，不利少男"，祖父和叔祖父为了"子嗣"就在旧宅的"艮位"，也就是旧宅的东北方向，盖上了三间瓦房，然后，父亲就应运而生了。

第四层院子宽到五丈，长四丈余，除了厕所、菜窖、两丈长短的木柴棚之外，空地上种着自家一年四季要吃的蔬菜。

第五层院子长将近七丈，那里主要是场院，场院周围种着土豆，祖父在那里种了三棵响杨树，他经常用手指丈量响杨的粗细，说是杨树笔直，将来可以卖给船家做撑船的篙。

第六层是家里的后院，祖父和叔祖父在那里种了二十几棵榆树、柳树，家里所有的柴草、玉米秸、麦秸、高粱秸、高粱皮全都搭了棚子，存放得井然有序……

那时候，一辈子不曾分家的兄弟俩都已经娶妻生子，叔祖父生了两个女儿，祖父一儿一女，兄弟俩决定"不分家"，让父亲做他们的"兼祧男"，那叫作"一子两不绝"。

他们用以男子为中心的粗暴方式维持着家庭的安静和稳定：每当后院的两个妯娌吵架的时候，兄弟俩都是同时奔向后院，不问情由地把自己的老婆痛打一顿，然后回到前院继续处理家中的大事。

当他们都到五十岁开外的时候，事业和年龄都到达了高峰期：双盛永已经置地五十余亩、两处宅院（北院和南园子，南园子种着一百多棵树，那里虽不住人，但也有碾子、面磨和油磨），家里有全套的农具、牲口，拉货的大车和拉人的小车子，两盘面磨、两盘油磨、碾子和场院……全村都是借用"双盛永"的面磨磨面……对于一个农户来说，双盛永已是应有尽有。

而且，双盛永也已成为刘各庄的公益中心的信用：村里的公会和小学用钱、用货、用纸张文具，都是先从双盛永赊欠，等到"秋后传粮"的时候，农户把粮食卖给双盛永之后，再和双盛永结算一年之中赊欠的钱……

双盛永可以"赊销"、可以"存款"，也可以"借贷"，就像是刘各庄以及周边村落的一个小钱庄……

到了年末，祖父和叔祖父与村里有头有脸、有名誉地位的人一起"会年茶",商议、决定村子里的公益安排和大事,双盛永的社会地位在逐年攀升,已经逐渐成了当时、当地的商业中心……

让祖父和叔祖父不厌其详地回忆和叙述的有两件事:

第一件是在父亲"满月"的时候,村里的"名流"都来贺喜、送对联……这些都使祖父和叔祖父很有面子,那时候双盛永的经济和社会地位正在蒸蒸日上。

第二件是在祖父和叔祖父都已经四十多岁的时候,他们的两个姐姐,死于同一个飘着鹅毛大雪的大年三十:那一年年三十的下午,先是嫁到刘各庄西北五里的西韩庄的大姑奶奶家来人报信,说是:"大姑奶奶不好,请舅爷去见最后一面。"祖父对叔祖父说:"天儿不好,你身体也不好,我去吧!"然后就穿上衩裤,跟着来人一步一踏奔了西韩庄。

祖父刚刚出门,嫁到刘各庄东南十五里地的艾坨子的二姑奶奶家也来人报信,说是:"二姑奶奶不好,请舅爷去见最后一面。"叔祖父一边感叹着:"哥哥心疼我,替我去了五里地的西韩庄,我可就摊上了十五里地的艾坨子,这真是命中注定。"叔祖父也穿上衩裤,一步一踏地上了路……

两个姐姐对两个弟弟说了同样的"托孤"遗愿:家境贫寒而且担心自己死后,儿女落在后娘手里受委屈,请弟弟代为抚养自己的儿女……傍晚,祖父和叔祖父回到家里的时候,祖父的手里牵着一个外甥女,叔祖父的身后,跟着两个外甥女和一个外甥……那年头讲究"娘亲舅大"。

祖父和叔祖父性格倔强、刚强而且有担当，他们是那种把"家族"责任视为人生天地之间男人的第一要事、无可推脱的"责任"的人。四个外甥和外甥女，加上祖父的一双儿女、叔祖父的两个女儿，兄弟俩把八个孩子养大成人、男婚女嫁……

祖父和叔祖父是两个凡事认真、不惹事也不怕事的人。在他们的年代，如果一个没有背景，却又"富裕"得让人眼红的家族之中，没有强悍的男人可以"支撑门户"，就会不断地受到地痞流氓的"欺负"。祖父和叔祖父曾经对付过一个"看坟人"用伪造的"假字据"讹诈钱财的事情，"经官"之后的结果是，那个地痞写下了"画押"的字据，承认错误赔礼道歉；祖父和叔祖父也曾经遇到过"东院""西院"同宗本家想要把"共有的"墙和井据为己有的麻烦，祖父用了最古老、最有效的"拦轿喊冤"的方式，把县里的"马大老爷"请到家里主持公道，实地勘察平息纠纷……从此，这些事成了祖父和叔祖父的骄傲，也成为兄弟俩的口碑——没有人再来挑起事端。

花开花落、云卷云舒，兄弟俩提前做到了"二十年翻身"……在兄弟俩双双年过半百的时候，他们做到了娶妻生子、传宗接代、盖房买地，做到了家产业就，他们的"事业"达到了峰巅……那是1928年，祖父五十二岁，叔祖父四十七，他们共同的儿子——我的父亲只有九岁。

他们付出的沉重代价是：兄弟俩一生勤恳劳作，祖父劳累至死，叔祖父双目失明……

在父亲的遗物里，有两个毛边纸手抄本"同仁堂药书"，那是"民国六年九月二十"抄完的，两个抄本字迹不同，显然是仅有着"冬三月"文化的祖父和叔祖父兄弟二人的手笔……想象着节俭而努力的祖父和叔祖父，在昏黄的煤油灯光下，一边学习和认记那些陌生而奇特的药名，一边一笔一画地把它们抄写成册，度过了一年又一年漫长的日月，一直到叔祖父的眼前慢慢地变成一团黑暗……那是怎样令人心碎、辛酸的情景……

像所有的人一样，祖父和叔祖父的"悲剧性"在于：不会有后人理解他们的愿望，包括兄弟俩的"兼桃男"——我的父亲。在他的被父亲和叔父洗去了对于生活的"忧患"意识的年轻的心里，并不懂得"理解"和"珍重"父亲和叔父用一生的时间和生命换来的那份来之不易的"家业"……

如果说在叔祖父双目失明之后，双盛永还可以勉强支撑（叔祖父的大女儿接班"管账"和"看摊"，叔祖父自己仍然可以在柜上"坐镇""主事"）的话，1935年祖父的去世，实际上宣告了双盛永的终结——"进货"和"种地"的人没有了，且不说生意难以为继，即使是"支撑门户"也很难做到了——标志性的事件是：全家为祖父出殡回来之后，发现家里的前后门四敞大开，粮仓、小铺和为了办丧事而准备的招待全村人的猪肉、豆腐、粉条、土豆、白菜全部遭到了洗劫……几乎是全村的人（从祖父"倒头"

之后，在"攒棺材"的一个星期以来，一直都在双盛永"吃伙饭"的人）都觉得"偷了白偷""不偷白不偷"……双目失明的叔祖父潸然泪下。他觉得双盛永和兄长一起被埋葬了，自己很难能够继续撑持这个家，特别是当时十六岁的我的父亲——祖父和叔祖父的接班人，在祖父和叔祖父的荫蔽之下，还在过着没心没肺、无忧无虑、阳光灿烂的日子……

1937 年，双盛永停业，祖父和叔祖父的事业戛然而止，那一年父亲十八岁。

1937 年，双目失明的叔祖父在自己的兄长死后，开始接近"五台山普济佛教会"，以期修行"来世"。听了几次"宣讲"之后，他做出了一个重大的决定：卖掉十亩地全部作为"布施"，让全家都参加了这个"五台山普济佛教会"，以使全家人的"来世"都能得到拯救。

十八岁的父亲，替自己失明的叔父充当了"募化布施"的角色，由于做事勤勉，他"募化布施"颇有成绩，不久就成为"理士"。理士的职责是"宣讲佛理、募化布施"，并且定期把募化来的佛款送到北京的"五台山普济佛教会"总会。

一年以后的 1938 年，父亲在进京"交佛款"的时候，意外地发现住在新街口八道湾的他的上级李佛爷住处豪华、妻妾成群、生活腐败，大家都传说他是在"吃佛财"。父亲忽然觉得自己和众多的信众都已上当受骗，在疑惑和犹豫之中，他带着手里的"佛款"，回到刘各庄，召集手下的交款人到一个佛堂集合，他烧了高香，出示了自己一年来"募化布施"的账目以示清白，然后，逐一退还所有的"布施"，从此金盆洗手……当时父亲十九岁。

后来，叔祖父死于 1948 年，在没有兄长的十三年里，他经历了用一生口撙肚攒积累起来的家业的迅速败落；容忍了对于自己来说，既是侄子又是儿子（我的父亲）的所有的"反叛"行为；承受了他的侄子和儿子（我的父亲）在成长过程中付出的近于残酷的代价，他用对于全家生活支出最大限度的"节俭"，表现了对父亲宽阔无边的容忍和支持，他用自己的"沉默"等待着父亲的"成熟"……谁也不知道，在十三年黑暗的生活之中，他的内心曾经有过怎样的煎熬、他的"比兄长长寿"究竟是祸是福。

…………

祖父和叔祖父是以几十年如一日的"勤恳"和"节俭"取得"成功"的农民，他们完成了传统的、镶嵌在一个家族系列上的"男人"的历史使命。他们与双盛永一生相守，使么家在他们这一代脱贫致富，从农民走向亦农亦商。

四十年代——父亲的历练和成熟

父亲说：他的"成熟"——有能力成为一家之主，是在祖父去世之后的十年。

像所有的儿女一样，他也经历了对父亲和叔父生活道路与他们生活方式的反叛。

他在很长的时间里都没有觉得自己应当"感谢"父亲和叔父为了包括自己在内的整个家庭所付出的努力。借助父亲和叔父给他修筑的"走出贫穷"的道路，他得到了走出刘各庄的机会，在他十九岁、二十岁见识了唐山、天津、北京的"城市商人"富丽堂皇。全新于刘各庄的生活方式之后，他觉得自己决不能像父亲和叔父那样，过一辈子勤恳和节俭的农民的苦日子。

他心高气傲地为自己选择了新的生活道路——他要去大城市"做股票"，他觉得这是个可以在一夜之间发财致富的行业。他相信自己的聪明才智——凭着他在刘各庄上"初小"、在韩城上"高小"的时候，学习成绩永远名列第一的光荣历史，也凭着他作为"双盛永"的少掌柜"写算俱佳""少年聪明"的口碑，像初生牛犊一样的父亲觉得，只要勤勉努力用心，一切都不在话下……

年轻无知而且自信的父亲，在他二十至二十二岁（1939—1941年）初入股票市场的时候，一出道就在屡战屡败、屡败屡战之后，在北京、唐山和天津的股票市场，创下了一万二千元的亏空，按照当时一亩地一百块现大洋的价钱，想要弥补这笔"亏空"需要卖掉一百二十亩地，而祖父和叔祖父用一辈子的勤劳节俭挣下的家当，只有五十亩地和一个双盛永，而它们加起来也就值六千块钱，也就是说，父亲已经弄得"业不抵债"……

接下来就是逃避债主和应对每天到来的轻蔑、冷眼、碰壁和谣言……父亲原本一直可以依仗的、祖父和叔祖父的双盛永用几十年建立起来的"信誉"——这"信誉"是可以用来"赊欠"和"借贷"的——在他失败之后立即荡然无存……他和那个一起闯祸的伴侣（玉田县的吕世奇）不得不患难与共、荣辱与共，他们不得不考虑四处寻找一个可以靠"借贷"重新开始的新去处，因为他们俩都没有什么本钱……

二十三岁的父亲在逃亡的路上，给在"挟妓卷逃"的谣言中奔走于京、津、唐三市四处寻夫的母亲写了一封信，这封信写道：

赓俞贤妻：

互相分别已经月半，很是惦念，目下即是年关，你是何等着急，不问可知了。拙夫之环境，近三年来，在唐、津、京三市信用方面未有不佳，但实际终未获很大胜利，今春至五月节堪称略有进展，至节后夫往北京、旅居天津之际，一步走错，以至弄成一失足成千古恨……故目下欠外之债务则年前终不能偿还，尤以亲戚方面，对于我热心帮忙者更以何言能对答？心中焦急再三，思之再四，处在此种环境，若再在京、津、唐三市求生，显系愧不知耻，如不然又无别方。此时，任何人处至此处，亦无非"死、走"二字而已，缘因数年以来，夫并未"嫖、赌、抽"，作不正当之行为，终日起早睡晚，奔波劳碌，精神用尽，终于被老天爷一算，万事皆空……

对于我的前途，思之有三条途路，第一，回家报与三老（祖母、叔祖父、叔祖母）知晓：在外事情不好，（将田地、财产）卖钱还债。此时，三老一世之创，经我几年败家，虽未"嫖、赌、抽"谁给证明？且三老多么难过？那时，或出意外，也未可知。如此以后，名誉扫地，前途亦无人敢沾……第二，名誉是人生第二生命，既已身败名裂，受人暗恨笑骂，以至与祖上现眼，又不能回家，如此之难，生之何益，不如一死。可是，父、叔生我一人传留后代，好容易盼望长大，我若死了，外人一定笑骂我祖上缺德，自己的名誉也是难以挽回……第三，我现在虽然身负重罪，但是年少力壮，世上无难事，只怕有心人，十年河东十年河西，我能得生则有发展，纵然现在千百丢丑，一旦时运好转，总有一俊遮百丑之时，那时候，外人议论立改……

我决心走自己立志的第三条途径，认可一时身败名裂、外人笑骂，将来有了发展，自然人人羡慕……昔孙中山失败被拿十三次，终于成功，美名千古。我们事情虽小，道理一样……少时略经风波，不算什么，我就这样去做，天无绝人之路。

我以上说的话是丈夫立志的好话，你如果脑筋清楚，当不必伤心，夫作一年之计划，明年秋后成功之后，即可面见大家……岳母大人面前代我解劝……

拙夫蔼光（1942 年）

这封保存至今的信，是把一个男人在事业上的成败，和自己对于家庭的责任心完全融合在一起的一种表述，在父亲二十三岁的年轻的心里，已经担当起了自己作为"丈夫"、作为"儿子"、作为"兼祧男"、作为"女婿"，对妻子、母亲、叔父、婶母、岳母所有的责任……

心灵上担负着重任的父亲自此漂泊四方、居无定所，只是在母亲（我的祖母）去世的时候（1944 年 2 月 14 日），匆匆地回家守孝三天。叔祖父对于侄儿没有怨言，他只是担心母亲受不了，经常注意母亲的行踪，还会讲今论古地说："好人家的女儿不横死。"怕的是母亲也像普通的农村妇女那样寻了短见。他倒扣了油罐子（当时的家庭开支，只有炒菜的油，被他认为是奢侈品），把炒菜改为煮菜，把家里的开支紧缩到最小，白天全家都小心翼翼地伺候着"坐账"（旧时到负债人家里长期吃住，以此表示讨债决心）的母女，因为父亲欠了她们的钱。夜深人静的时候，叔祖父静静地听母亲一次又一次轻轻地读父亲的信，用"希望"支撑着自己和这个家，一天天打发着"度日如年"的日子……

父亲在平、津、唐三地的股票市场摔了跟头，熟悉他的地方是不能再露面了，失去了"信誉"也就借找无门了，父亲和吕世奇只能分别卖了自家的土地（父亲 1941 年至

1943 年先后卖地十七亩、典出十五亩；吕世奇卖地十亩)，在玉田、蓟县这些小地方和不熟悉他们的地方重新建立关系，寻找出路——开始了先摔跟头后历练的人生历程。

此时此刻，祖父和叔祖父用一生一世挣下的"家当"已经所剩无几，叔祖父虽然没有对这个"儿子"说什么，可是默许叔祖母找到了族中的长辈么百良夫妇前来过问——在 1944 年祖母去世，父亲回家奔丧的时候，么百良夫妇对父亲说："你叔叔和叔母是'绝户'老两口，你们把'伙产'（指一生没有分家的祖父和叔祖父合伙的产业）都卖了，你想怎么办？"最后的结果是：当时的两处房子、六亩地和所有的家具、农具、物品全部归到叔祖父名下……被族中净身出户的父亲又只身离开了刘各庄。

父亲继续他的奔走四方、磕磕绊绊、小打小闹、有挣有赔……他一天天积攒着对于股票市场行情涨落规律的观察，积累着他对于自己失败经验的反省，思索着可行的对策，重新建立自己的门路和信誉……年轻的父亲没有服输，他坚定不移地相信，凭着自己的能力终究可以取得胜利。

到了三年之后的 1945 年，父亲在从玉田县坐车回唐山的路上遇到了八路军，全车人的"良民证"（占据唐山的日军所发）都被八路军给收缴了，父亲回到日据的唐山市就没有了"良民"的证件。开始父亲没有太在意，因为那时候重新办一个"良民证"不是太难的事，更何况自己的大舅子是唐山市商会常务委员，让他再给办一个证件应该是举手之劳。可是刚刚开口说到"良民证"被八路军收缴了，就被舅父教训起来，瑞生成绸布店学徒出身的舅父，因为从来就觉得，正经买卖人应该像他那样从小进入一个店铺，从学徒开始一年一年往上熬，慢慢地学会做买卖挣钱的学问，那才是买卖人的科班正途，像父亲这样缺少基本训练的"狂徒"，一出道就想一口吃个胖子，进入股票市场就敢把整个家当赔得精光，背着一身的债务还是这样跑来跑去，让自己的叔父卖光了家产，让妻子担惊受怕……简直就是太"不着调（不靠谱）"了！舅父教训妹夫没几句，个性倔强的父亲就托故离开了唐山，凭着身边的一张"佛教会会员证"，打算去北京或者天津另找路子办证，最后在天津的"义德货栈"托人重新办了"良民证"。

父亲离开舅父家以后，外祖母开始担心二女婿的安全，三姨母也开始责难舅父的"无情无义"："你是唐山市商会常务委员，全唐山商务界的事情你都可以管，妹夫的事你为什么就不管？他没有良民证去了北平、天津，如果出了事你让咱妈怎么受？"在母亲的眼泪和妹妹的谴责下，舅父也觉得办事不妥，连忙买了去北京的火车票去追踪妹夫……

不久，两个人一起回到唐山，开始商议成立买卖的事，舅父征得了父亲的同意之后，出面为父亲成立了一个商号，两个人找到了七个人做东家，加上舅父和父亲一共九个人合伙，攒钱七十匹布（每匹布一百零八尺，时价二千五百元一匹）合十八万元（价值七两黄金）……商号取名"复兴号"，父亲是掌柜的，租了三间房做门面，当年的 8 月 1 日开业。

经过了几年的历练之后，对于身负巨债的父亲来说，也许距离成功只有一步之遥（他只是缺少一笔"本钱"）了？在这一年，是舅父给了他这个契机。

父亲从名义上开始领东做买卖，当时的规矩是：掌柜的负责经营买卖，赚了钱可以分一成（十分之一），其余部分由十八万元的股本按成分红（父亲股本二万，又可以分成九分之一）。

四个月以后，到了这一年的年底，二十六岁的父亲成功了，他已经掌握了对于股票的选择和对于行情的推断，他的三扣买卖（颜料、布匹、黄金）接连告捷，复兴号一年之中三次分红，他分的钱已经足够加倍偿还所有的债务……

在清偿债务的同时，他很容易地赎回了自己的面子和声誉，周围的议论也立即变成了一片赞扬的声音，父亲在平、津、唐三地的股票界立即名声大振。父亲说：周围的"舆论"永远是"马上马下"，成功的时候人人逢迎，失败的时候人人贬斥……

父亲一直自诩从一败涂地之中练就的"绝招"，其实是两项做股票的基本功：一是在众多的股票之中选择"行情"有可能"大涨大落"者；二是"买到最低价，卖到最高价"——这两点都是永远正确的道理，可是说起来容易做起来难——如何判断哪支股票有可能"大涨大落"？什么时候是"最低价"？什么时候是"最高价"？永远是见仁见智的事先估计、众说纷纭……不知道父亲当年是真的练就了火眼金睛，还是熬到了时来运转、否极泰来，反正父亲说：他挑选的颜料、布匹、黄金三种股票，都做到了"买到最低价，卖到最高价"，每一扣买卖都是不出半个月，价钱翻一番……

在老家的母亲得到这个消息之后，三天三夜没有睡意，总是含笑与叔祖父聊天，叔祖父知道母亲一定会大病一场，三天之后母亲病倒了，半个月不能起床……

这一年，父亲在唐山市买了房子，地点在山东村10号，在我出生八个月之后的深秋，父亲、母亲带着叔祖父、叔祖母、哥哥和我，举家迁到了唐山市，永远离开了那个在父亲失败的时候令人屈辱、伤心的刘各庄，在父亲四处漂泊的时候，同村人眼看着双盛永迅速败落，多半是幸灾乐祸和冷言冷语，族中人也曾经因为制止父亲败光属于叔祖父的那一半财产而出面干预……那里的旧宅也永远地留给了叔祖父的女儿——我的叔伯姑母，我叫她大姑。

父亲常说："我早已下定决心，一定给我的叔婶养老送终，可是我决不继承祖产。"那份"祖产"经过叔祖父的信佛和父亲的起落，典的典、卖的卖，在1945年父亲带着一家老小离开刘各庄的时候，只剩下了两处旧宅院和六亩地。1950年刘各庄"土改"的时候，不在场的父亲因为这六亩地被划为逃亡地主。大姑说是："村子里搞'土改'的贫下中农都是对双盛永欠钱的人，把咱们家划成逃亡地主，就可以'打土豪分田地'，不仅以前欠双盛永的债务一笔勾销，而且可以分光房产和浮财。"看起来刘各庄是穷，这点财产也有人觉得值得一分。

在父亲挣了钱的这一年，父亲支持地下党党员负责人刘佚夫主持的据点"同鑫公司"国币二万五千元。当时地下党需要钱。那张正面骑缝写有"同字肆拾伍号"，左下角盖着"陈达民印"收据的原件保存至今，上面写着：

今收到

国币　　股款二万五千　　元整

衡益堂　　台照　　同鑫贸易股份有限公司

中华民国卅四年六月二十一日

父亲出钱支持地下党并不是出于信仰，他对革命也没有要求，只是因为来募钱的地下党党员张振声是母亲的三姨夫，父亲不好意思拒绝，同时当时他也不在意这点钱。他没有用自己的实名，只是用了堂号（衡益堂），那时候商界的很多人为了方便办事都有自己的堂号，而堂号只有商界的人彼此知道。当时张振声告诉父亲：等到革命胜利了，用这张收据不仅可以兑回你捐的钱，而且是你参加过革命的证据。父亲一笑置之，并没有放在心上。

父亲说是，在1949年后的一次次政治运动中，父亲虽然总是处于"被革命"的地位，可也从来没有想过利用这张收据，他不想冒充"参加过革命"（事实上，到了"文革"之中，父亲的交代材料底稿中曾不止一次地提起这件支持革命的功劳，以表示自己至少不是"反革命"），可是这张收据却为舅父做了一次救命符。起因是舅父擅长与人打交道，在日本占领时期担任过唐山市商会常务委员，分管外交事务。

母亲说1950年"镇反"的时候，舅父在北京接到了唐山法院的传票，临行父亲把同鑫公司的收据交给了舅父，舅父到了唐山法院，果然是追究日据时期他在唐山市商会担任常务委员时有无"汉奸问题"，舅父说了很多自己曾经同情和参加革命的事迹，比如：自己曾经给共产党员鲍子经送过枪之类，可是都因为缺少证据而没有说服力，只有父亲那张同鑫公司的收据让舅父"参加过革命"的说法得以成立——好就好在收据上面没有父亲的实名。舅父被定为"历史反革命"，应为"敌我矛盾"，但按"人民内部矛盾"处理，不予起诉，是历史问题中的第三档。[①] 舅父从唐山回来以后，对父亲千恩万谢。

母亲说，父亲和舅父性气不同。

1946年，父亲的买卖平常，父亲说是这一年没有机会，做股票得看准了才能"搁孤丁"（赌博用语，意为把钱押在一门上以赌输赢）。

1947年是父亲的大顺年，他连做三扣股票，挣了大约

---

① "历史反革命"指1949年之前在国民党的军、警、宪、特和反动党、团中担任骨干分子或曾为反动会道门头子、恶霸、土匪等者。"历史问题"则分为"重大历史问题""政治历史问题""一般历史问题"等几种。参见《简明政治学词典》，吉林人民出版社，1985，第79页。——编者注

一百两黄金。这一年的 6 月 25 日，二十八岁的父亲把家从唐山迁到了北平，离开唐山的时候有二十五个"朋友"送礼送行——有那么多人愿意表示是父亲的"朋友"，真真是此一时彼一时啊！

1947 年 6 月 25 日这个准确的日子，曾经被父亲多次说起，那是因为在当时，能够做到二十六岁就从农村旱地拔葱举家迁居唐山市，二十八岁又全家迁进北平城，在我的老家——河北省丰润县韩城镇刘各庄，父亲是绝无仅有的"神话"。

叔祖父、叔祖母和父亲、母亲一起，住进了北平西城小沙果胡同 1 号，父亲租下了整个外院的七间房，月租三袋半面，当时十几平方米的一间房月租是半袋面（22 斤，价 35.2 元）。父亲喜欢那个大院子，也喜欢第一个北平的房东刘大中，与清华大学的教授做邻居，父亲觉得自己也体面——凡事都得向上看嘛！

父亲和母亲进住北平的兴奋自不必说，对于这个房东，父亲也常常提到，那可能因为他是父亲在北京遇到的第一个房东。用父亲的话说，他也是我们家诸多的房东中间"最有资格和程度"的一个，他是父亲尊敬和效仿的对象。

父亲在小沙果胡同花一件布（一件布十六匹）买了全堂的硬木家具：大条案、八仙桌、太师椅、写字台、小茶几、冰柜、架子床、小炕桌、脚踏……一共有二十七件。

在小沙果胡同，其实我们只住了一年半，1948 年年末（或者 1949 年年初），房东刘大中就去了美国。父亲说，他是坐新中国成立前夕最后一架飞往美国的飞机"霸王号"走的，临行的时候，刘大中弯下腰摸着我的头说："小妹妹，别忘了我们，很快就会再见！"然后对父亲说："么先生，三年！"他竖起三个手指。

从父亲的叙述中，我们知道了：刘大中的父亲是孙中山时代的一个督军，刘大中本人是清华大学的教授，他和他的太太简亚昭，都毕业于美国哥伦比亚大学。当时，他家住里院，我家住外院，里外院中间有一个长长的过道，平时我们家的人没事不会去里院，他们家的人出入却都要经过外院。过道安装了一部电话机，刘大中特地对父亲说："么先生，这部电话安在过道里是为了两家用着都方便，您别客气。"——"电话"在 1947 年，还是挺"贵族"的东西呢！他走之前到我家和父亲话别，说是三年之后就会回来——父亲说，那是刘大中当时对于时局的估计。

父亲对于超出了他熟悉的生活范围的新事物，诸如美国哥伦比亚大学、清华大学教授、电话机、"霸王号"都充满了敬意。因此，刘大中在我们家留下了很多类似"怀念"的谈话资料，每当提到他的时候父亲都郑重其事，谈到刘大中的"资格"，谈到简亚昭的"风度"，那口气不像是在说房东，倒像是谈论"知己"。父亲从此立下了志向：我的儿子和女儿都要留学美国，我要让他们都当上大学教授……

或许日后父亲和母亲对于供我们上学尽心尽力的原因

之中，也有仿效刘大中的因素在内……到我将近六十岁的时候，我从清华大学档案室查到：现存档案中，没有刘大中的系统资料，但是，存有刘大中在 1947 年、1948 年领取物品的签字，可以证明他曾经在清华大学任职。

刘大中走后把房子托付给一个"唱戏的"代管，那"唱戏的"就成了我们家的二房东。父亲说，这个二房东特别"不是东西"，所以，半年以后我们就搬家了，从小沙果胡同搬到法宪胡同，之后又搬到东绒线胡同。

那时候，父亲和母亲常常比较平、津、唐三个城市的优劣：他们觉得，唐山虽然是他们从刘各庄出来之后的第一站，可是，那里既不是商业城市，也不够文明；天津是商业城市，却人情浮华；北平有龙脉有王气，不仅是商机最多的地方，而且是文明的所在，在北平安家，儿女们可以得到最好的教育。而且做买卖主要是在天津，平、津、唐之间虽然火车不少，可从唐山去天津是过路车，常常没有座位，而平、津之间就全是始发车了……怎么想都是住家在北平，到天津做买卖是最好的选择。

当时，父亲不仅有了失败的经历，而且有了成功的业绩，有路子有钱有本事……他觉得自己可以做一个好侄子、好丈夫、好父亲，一切都让他觉得前程似锦、不可限量。

也是在 1947 这一年，父亲和他的好朋友吕世奇每人出资五十四布，参加了一个叫作李受衡的商人朋友为他的被出号（散伙）的儿子李济攒的织布工厂，五个人出钱做东，李济做经理人领东做事。存留至今的当时的合同全文如下：

立合同字据人（李忠信堂、韩德义堂、吕世远堂、刘永生堂、么全德堂）。

兹因意志相投，情愿合资在北平崇外南河漕拐棒胡同丁一号开设信义染织工厂，经营染织布匹发扬工业为目的，本厂共集资本法币一亿元整，按每一千万元作为一股，由李忠信堂任资本四千万元整，韩德义堂任资本一千万元整，吕世远堂任资本二千万元整，刘永生堂任资本一千万元整，么全德堂任资本二千万元整，号内盈亏按十股分配，公推韩凤伍李济二君为本厂经理人，共同管理柜政及同人升赏任兑一切事宜，谨将本号规定条款立此合同列后，由每位股东各执一纸

（一）本号每至年终结账一次，由经理人将全年号中营业情形报告股东，共议处理办法

（二）号中除开支外所有盈余按百分计算，股东应享权益百分之六十五，经理人及柜伙共享百分之三十五，按经理人及柜伙所享百分之三十五按五股分配，由韩凤伍任一股半李济任一股半，下余两股备酬功伙，但号中如赔累须股东负责，与经理人无涉

（三）本号赔累超过资本总额半数得随时召集股东合议之

（四）股东经理人及柜伙严禁长支短欠及对外应声作保等事

（五）币制变迁资本随时折合之

（六）本号柜伙同人设有营私舞弊及骗拐私漏立即罢免职权，由保荐人负责赔偿

（七）本号股东及经理人如有异议，须俟年终开股东会共同合议之方为有效

（八）本号同人出号清算红利应由其本人任股日期计算，不准承受任股以前厚利借词刁难及非理要求

（九）本合同于即日起生效，如有未尽事宜随时修改之

立合同人　　李忠信堂　韩德义堂　吕世远堂

　　　　　　刘永生堂　么全德堂

玉　成　人　　刘季轩　刘荣华　解长忠

中华民国三十六年九月一日

其中的"世远堂"是吕世奇，而"全德堂"就是父亲的新堂名。作为股东的父亲和吕世奇交足了一百匹布的钱，揣起了合同也就觉得没事了，没想到的是，李济经营的信义染织工厂在两年之中赔累一空。

父亲踌躇满志的年届而立，其实是国家的多事之秋，1948年年末（或者1949年年初）在父亲和母亲身边发生的事情是房东刘大中去了美国，父亲说是他找到了一个六百美元月薪的差事。

和父亲母亲直接相关的是叔祖父去世和北平的"困城"。

29

1948 年 4 月 28 日叔祖父去世，综合了当时城里和乡下的讲究，父亲给所有的亲戚朋友发了讣告，通知了殡葬的程序和时间，特别给刘各庄的族中人订了旅馆，然后就给叔祖父买了一口十三圆的棺木（由十三棵树的树心打成的棺木，在棺材脸对面就可以看到十三棵树的年轮）。棺殓那天，从天津、唐山和刘各庄进京参加丧事随礼的有几十人，刘各庄来的族中人看到穿着体面的天津和唐山的商人出出进进、看着出殡的大棚里面挂满了随礼的帐子、看着叔祖父的十三圆棺木，对于这个没有继承祖产却对叔父尽了生养死葬责任的兼祧男都无礼可挑（由于兼祧男都会继承两家的祖产，族中人就有权监督、挑剔兼祧男对于非亲生父母丧事的不足和错误，在乡下，这叫作"挑礼"）——叔祖父先是被暂厝大慈庵，到 10 月秋凉的时候，父亲把叔祖父的灵枢送回刘各庄，在风水先生看好了的时刻，叔祖父准时下葬。父亲把引魂幡插到坟上之后没有进那个已经属于叔祖父一门的"家"，就立即返回了北平，也可能是因为当时的时局已经开始有些紧张了。

父亲说，叔祖父的丧事办得极其风光，远远超过了祖父和祖母，父亲花钱请刘各庄的族中人参加葬礼，也算是对于自己作为兼祧男的一个交代……

这一年年末 12 月中一天的上午，父亲在天津得知唐山"解放了"，他立即着手清理手头的股票，然后带着二百个"袁大头"坐上了十二点开往北平的火车，两个小时以后父亲进了家。

后来发生的事情是：在这趟火车之后，北平和天津之间的火车就中断了，北平开始了"困城"（北平的老百姓把共产党"和平解放北平"之前"分割包围""围而不打"的战略过程叫作"困城"），"困城"从1948年的12月中持续到1949年的1月末。没有准备的人家纷纷靠变卖度日，母亲还从大街上买回了一对画着蓝花的日本小碟子和一只蓝色的嵌花日本花瓶——父亲的及时归来和他的二百银圆，让一家人（外祖母、母亲、兄长、我和妹妹）得以安然度日。

本来是从天津到北平看望女儿的外祖母，在北平正好赶上了"困城"，目睹了女婿在"困城"之前能够敏锐地做出决断，从天津带着钱乘坐末班车赶回北平，体会到了女婿的能力和责任感。感慨之余，她不再藐视这个跌倒之后有能力再爬起来的、有着百折不挠品格，却是出身小门小户的女婿，她第一次觉得："门第"也许不是一切。

度过了"困城"以后的1949年，我们家和从天津迁京的舅舅家一起搬到法宪胡同，两家合租了九间房，房东姓袁；之后舅舅家在大茶叶胡同买了房，我们家就也搬到东绒线胡同（现在的191号，在二院西边第二个门口），父亲和母亲都觉得那里不错：东房两间，北房五间是地板地，章姓房东在银行工作。

在这一年，新中国成立。

当我们在六十年之后回过头来重新回顾历史的时候，

可以意识到 1949 年 10 月 1 日在中国的历史上是一个"改天换地"的重要日子，可是当时在父亲和母亲那样的普通百姓的意识中，这一次的政权更替也许和此前的并没有什么不一样，然而他们都错了。

二　母亲叙述的家族和婚姻

父亲和母亲的婚姻，从一开始就好像是弄错了。母亲出生于书香世家，父亲的出身却是刘各庄一个殷实的农户。这一桩违背了"门当户对"古老祖训的婚姻，起因于外祖父的开明思路和大姨母的死因。

"门当户对"——外祖父和外祖母的婚姻

母亲说她的父亲叫李荣祺，是丰润县李麻圈庄李家大户的公子，她的祖父叫李树荃，传说她的曾祖父李经楠是个不走运的举人，道、咸年间考中了进士，可是因为当时的主考必须要提拔一个副榜，所以就叫已经点了进士的书生们抽签决定命运。李经楠因为抽到了下下签而落第，感觉受到莫大的羞辱和打击，愤而回乡之后把自己的中和堂堂名改为耻议斋，取"耻于议论政事"的意思，从此，这个事件和耻议斋的故事便一同流传在乡党之间。

李经楠只是一介书生，除了愤慨之外，并没有什么别的办法，在他的事情惹得议论纷纷之后，实在又惧怕惹出是非，他把堂名再一次更改为"尺蚁斋"，删去了政治色彩，从此不涉科考，弃儒经商，到东北阿什河开起了烧锅——酿酒的作坊。

母亲说：曾祖父的烧锅有一段时间经营不错，后来因为过年时候伙计要钱（赌博）出了人命，不得不支出巨额花费，于是烧锅开始走下坡路，等到李经楠一去世，烧锅就"关张"（倒闭）了。

李经楠的四个儿子都是秀才，不知是书读得不够精到，还是科场不利，李家门中再没有出过进士。三儿子李树荃就是母亲的祖父。李树荃也是从小读书，这个秀才在进京赶考的路上，遇到了中门庄的书生吴葆桢，一路上两个人聊得相见恨晚，虽然他们俩双双落第，但是他们从京城归来之后，就已经成了"儿女亲家"。

我的外祖父（李荣祺）和外祖母（吴蔚华）就这样成了夫妻。外祖母比外祖父年长两岁，那时候，讲究给儿子娶个大一点的媳妇，可以"又是媳妇又是妈"，一举两得。

母亲说，她的母亲（我的外祖母）是直隶丰润县中门庄"谦益堂"吴倬堂老爷的大小姐，这吴倬堂就是那个赶考的书生吴葆桢。

被称为"倬老爷"的吴倬堂在丰润县是首屈一指的乡绅，那是吴倬堂上辈荣耀的余荫：吴倬堂的大爷吴廷溥是道光二十年（庚子科）二甲八十五名进士，咸丰年间的翰林院编修，吴家老宅所在的牌楼街起因于吴家的牌楼，家庙里供奉着咸丰的圣旨，门楣上悬挂着"大清咸丰御赐"的"太史第"匾。

乾隆二十年初修、光绪十五年续修、民国十年重印的《丰润县志》卷二《政事传》中吴廷溥有传：

> 吴廷溥字仁波，中门庄人，道光庚子科进士，由翰林院编修擢监察御史，荐升兵、户两科掌印给事中。

凡有关利害者，皆剀切上陈，成庙多嘉纳之。性尤骨耿，弹劾权要罔所避忌，有骢马御史之称。咸丰初罢官归里，主讲燕山书院，多所成就。旋改捐员外郎，签分户部，未三年，又以直忤当路获谴。同治初，蒙恩开复原官，寻以知府用加道衔，七十余卒于京邸。

卷三《淑德传》中，吴廷溥的父亲吴铔有传：

> 吴铔太学生，字练斋，中门庄人，给谏廷溥之父也，尝捐钱收买字纸，名曰崇文义举。又因里中差徭杂项，向系计亩均摊，贫之者不免追呼之扰，爰与堂弟镐，期会族人尚朴、尚实、尚诚、廷藩、廷汇、廷沆、金钲等共捐东钱二千二百缗，存商生息，凡里中差务，悉取给焉。咸丰五年，请邑令夏公批饬立案，永远遵行，勒石于里之关帝庙，里人至今德之。

咸同年间，家族之中由于吴廷溥受到恩宠而得到诰赠、诰封、赐封的有八人之多，包括吴廷溥的曾祖父吴炯、祖父吴鸿基，叔祖父（伯祖父？）吴甸基、父亲吴铔、堂兄吴廷汇，叔父（伯父？）吴镍、吴钠、吴尚朴。吴家的这几代曾经有过富贵和荣耀，并且成为乡里的表率。

吴倬堂的父亲是老八，功名不如大哥，只做到"绥远省县知事"，死于"河南信阳知州"任上，到了吴倬堂就只剩下文举人的身份了。吴倬堂虽然一直没有考中进士，可在中门庄还是首户和乡绅……

外祖父和外祖母都是书香门第出身，他们的婚姻算得上是门当户对，但是，在外祖父和外祖母成婚以后不久，李家和吴家在经济上就出现了很大的差异。

李经楠弃儒经商之后，李家弟兄四个仍然只是读书，一个大家庭之中，做事的少、抽大烟的多，李家的架子虽然没倒，可是内囊却慢慢地尽上来了。李麻圈的"三大堂"——中和堂（尺蚁斋）、仁和堂、致和堂虽然还撑着门面，李家虽然还是舆论上的好门第，可经济上已经沦落成一个"破大户"——什么家庭也禁不住两代人坐吃山空啊。

外祖父李荣祺的时代已经到了清末，科举之路已然不通，这个书香世家的子弟，对于科举倒不见得有很多的留恋，对于新事物却敏感而且向往。民国之初，外祖父就在李麻圈第一个剪了辫子；而立年后，他不无茫然地进了"公益局"学习技术，毕业之后又懵懵懂懂地到了宣化龙烟铁矿出任"技师"。然而，他欠缺贫寒子弟的顽强和努力，终于学无所成，技师也没有做好。他也曾经到过哈尔滨，在税务局管收税，可是，他的收入全都供给了也在哈尔滨教"专馆"（学堂）的、已经进入晚年的父亲治病和抽大烟。失意之下，外祖父回乡赋闲，而且回家时两手空空。

转眼间，既没有"积蓄"也没有"进项"的外祖父已经是"儿女成行"，在兄弟们"分家"单过之后，"李家大户"已经名存实亡，外祖父的生活依靠岳父"年供柴，月供米"。

吴倬堂疼爱大女儿，或许也是因为大女儿的婚姻出自自己不无欠缺的考虑和选择。每个月的月初，中门庄都会有车把式把两辆大车赶到李麻圈"大姑奶奶"家，一辆车装柴，一辆车上装载着米、油、盐、酱、醋、茶叶一直到咸菜，还有应时的绫、罗、绸、缎、粗布、棉花，一直到点灯用的铁桶装亚细亚牌煤油……吴倬堂夫妇把对于女儿的疼爱，全都变成了无微不至的日用关怀，年复一年。

开始是到了"三大节"（端午节、中秋节、春节）和规矩之中可以接女儿回娘家的日子，吴倬堂夫妇绝不轻忽，到了时候，早早地就打发车把式去接大姑奶奶和她的小儿女回娘家；后来，当女婿长期在哈尔滨，既不来信也不寄钱，而且也开始抽大烟的时候，当女儿与"填房婆婆"相处不愉快，想要住娘家的时候，吴倬堂就毫不犹豫地、没有时限地接纳女儿和她的小儿女们长期寄居。这样，外祖母就变成了长期"住娘家"，到了"三大节"的时候，外祖母才会带着她的小儿女回婆家，象征性地尽一点礼节。

母亲说她特别愿意"住姥姥家"，这些话我们从小听到大，以至于对于中门庄倬老爷家许许多多的事情都已经耳熟能详，诸如：吴家"谦益堂"占了一条街，深深的大门，磨砖对缝的看墙，斗板压面的屋子，穿枝过梗的砖雕，深绿色的四扇屏门上装饰着三角形的金屑……吴家有多少辆小车子、几匹马、几匹骡子、几个厨子、几个老妈子、几个伙计、几个丫头，连丫头的名字，母亲都记得清清楚楚：金凤、玉凤、彩凤、桂凤、玉兰、兰香……母亲说：

她的外祖母心地善良，天天都让厨子做了贴饼子"打发花子（要饭的）"。母亲说：在姥姥家吃得好、穿得好，还可以"指使"年龄比她还大的丫头干这干那……可是，母亲从来没有说起过她的祖父和祖母。

外祖父和外祖母的关系可想而知。母亲对我们说："你姥爷和你姥姥吵架没有声音，一看到你姥爷从屋子里抱着自己的被子和褥子出来，放在院子里开始划火柴，我们就知道他们俩又吵架了。开始是你姥姥出来抢回被褥，后来我们大了就是我们往回抢。"母亲说，在乡下，只有死人的被子、褥子才会被烧掉，烧活人的被褥，包含着诅咒，而自己烧自己的被褥，那就是表示：我已经不想活了。

"客大压店"——母亲的婚姻

外祖父和外祖母生了一个儿子（赓尧）和四个女儿（赓扬、赓俞、赓萱、赓玖），母亲是老二。

外祖父的四个女儿全都是天足，连出生在民国元年的大姨母也没有裹脚，她们全受惠于外祖父的开明思想。那时候，外祖母也曾经忧虑过"女儿的脚太大，将来嫁不出去怎么办"。外祖父说："你是不知道外面的事，现在上海的女学生都是大脚，我的女儿全让她们大脚，将来嫁不出去我全养着。"

母亲和我的舅舅、大姨母长期住谦益堂倬老爷家的时候，是进她的外祖母做"董事长"的"女子学校"，念女子国文、女子修身、女子尺牍；回到李家的"中和堂"的时候，是进"家塾"，跟着"二老师"读三字经、百家姓、千字文、千家诗、唐诗三百首、童子尺牍、男子国文、论说精华……男子国文，母亲曾经读到第八册，母亲还进过新军屯的新式"女子学校"，读算术、国语、三民主义、建国大纲……

吴家和李家都是培养孩子们念书不分男女、不惜工本，一封一封地买笔、一刀一刀地买纸，所以母亲写得一手漂亮的毛笔字……当母亲说起自己一生的时候，她对于"幸福"的回忆，永远是在中门庄"住姥姥家"、在"谦益堂"读书上学的日子。

外祖父的女儿们长大成人之后，大脚成了时尚。按照"门当户对"的准则，外祖父和外祖母为大女儿选择了一个门第好又阔绰的人家。大姨母闺名李赓旸，丰润县师范毕业，在成了少奶奶之后，在那个锦衣玉食的家庭中，没活多久就香消玉殒了……

母亲说，在大家庭里当媳妇很不容易。大姨母每天天还没亮，就要梳洗整洁，在公公婆婆起床之前出现，行礼问安之后站在公婆屋子的门槛里面，后背紧贴着一扇对开的木门，在公婆洗脸、梳头、喝茶、吃饭、抽大烟的时候伺候着，负责把丫头送到门帘外面的洗脸水、饭菜什么的捧到公婆的面前，等到公婆用完了，再把撤下的东西，送到等候在门槛外面的丫头的手中……这叫"站门扇"。一天起码要站上十个小时，没有休假，没人替换，冷练三九、热练三伏。大姨母先是冬天生冻疮、夏天腿浮肿，后来就生了肺病……

肺病在当时是一种就像是今天的癌症一样可怕的病，大姨母一病就卧床不起……她从来没有向父母哭诉过什么，只是悄悄地消失了。这让外祖父和外祖母格外伤心。

外祖父伤心之余，决心给二女儿找一个"门槛低"的婆家，既不愁吃穿，又不必去"站门扇"，他要让女儿"客大压店"。他在三十里地之外的刘各庄，相中了双盛永兄弟的独子，也就是"兼祧两房"的我的父亲。而双盛永的兄弟俩就是我的祖父和叔祖父。

外祖父暗自查访了双盛永：兄弟两个没有分家，日子过得平静有序。五十多亩良田，雇着伙计耕种，北园子有一个非常大的粪堆，那是一个农民家庭勤劳和兴旺的表现。兄弟两个用心地经营着刘各庄唯一的一家前店后厂的"小铺"，自家种植芝麻、豆类、麦子；自己有磨房，磨香油、磨面粉，自己做酱；煤油、布匹、纸品、香烛、针头线脑都是从韩城、唐山采购，丸药都是专程到北京购买……兄弟两个虽然文化不高，却都是深明大义，有着自己生活准则的人。

外祖父觉得，二女儿生性爽朗，不是"淑女"的材料，也受不了大户人家的种种"规矩"，如果进入双盛永这样的家庭，二女儿会衣食无忧，也不必像大女儿那样受到种种规矩的折磨。民国时代，"门当户对"已经没有了实际的意义，可李家的"门第"仍然是可以让二女儿居于"客大压店"地位的靠山。

祖父和叔祖父也在衡量这门亲事：自家是庄户人家，如果能够娶来中门庄倬老爷的外孙女，当然是求之不得的荣耀。有了这样的儿媳妇，"改变门风"就是可望而可即的事情了，至于儿媳妇是否能干农活倒在其次。这个家能不能"镇住"儿媳妇，祖父和叔祖父并不担心，因此祖父和叔祖父在三门提亲之中决定了，就娶倬老爷的外孙女。

在一个媒人的撮合下，外祖父没有与人商量，就做主答应了这门亲事。

外祖父的主张引起了李家的"内乱"。外祖母不同意，觉得嫁给这样的小户人家，太委屈了二女儿，可是如果"退婚"就会使得李家名声不好，甚至会影响李家其他女儿们的婚嫁。舅舅不同意，觉得"门不当，户不对"。三姨夫姥爷不同意，觉得两家的文化背景相差太远，双盛永不愿意培养孩子念书是缺乏远见，母亲可以退了婚继续读书，然后可以去教书，或者参加革命（当时，三姨夫姥爷已经是地下党党员）……在众说纷纭之中，母亲很惶惑，觉得未来的"婆家"太土，不如意，可是又不敢提出"退婚"，也怕像自己的母亲说的那样，因为自己的"退婚"造成李家"名声不好"……她不知道怎样想象那个未来的归宿，也觉得那样的"婆家"说出口很丢人……

外祖父一言九鼎，他觉得他的"新潮"决定没有错。他不允许家人提出反对意见，即使是外祖母很破例地与他吵架也无济于事。

在母亲十七岁（虚岁十八）、父亲十四岁（虚岁十五）的民国二十二年（1933）4 月 10 日，母亲被一辆小车子拉到了刘各庄——是祖父和叔祖父决定"提前娶亲"。

一个非常富于戏剧性的因素决定了父亲和母亲的"好日子"提前实现：一个通过外祖父家向双盛永借钱的人，还钱的时候还是要通过外祖父家。那天，恰好双盛永的伙计赶着大车路过外祖父家，又是恰好外祖父不在家，不识字的外祖母就把还债人还给双盛永的一百银圆，用旧信纸包裹了一下交给了双盛永的伙计，双盛永的伙计带回来交给了祖父和叔祖父。祖父和叔祖父核查钱数的时候发现，那张包裹银圆的旧信纸是我的舅父写给外祖父、外祖母的家信，信的内容竟然是反对外祖父决定的、他的妹妹和双盛永的婚姻，建议父亲考虑"退婚"，信中还说是：因为还没有举行婚礼，所以大权现在还在咱们手里……

祖父和叔祖父得知这门他们引以为傲的亲事发生了危机，倔强的祖父和叔祖父不愿意遭到被"退婚"的丢人待遇，他们商量了一下就做出了决定：立即提前娶亲——事实上当时父亲只有十四周岁；事实上当时世面上也不太平。刘各庄、李麻圈周边经常有战败的逃兵路过，逃兵不比正规军，失去了约束、没有了前途的兵士是很可怕的，老百姓都会避而远之，妇女绝不出门。而在这个时候，决定让"新嫁娘"在路上长途跋涉三十里地一定是"婆家"发了疯——旧时候，两家订婚之后，结婚的日子是由男方决定的。

母亲的出嫁仪式完全没有遵从"常例"：没有花轿，没有鼓乐，没有嫁妆的展示，没有红毡铺地，没有娶亲客、送亲客，没有宴席……

母亲的嫁妆是用一辆大车提前从李麻圈拉过去的，而到了结婚的日子，十七周岁的母亲穿着家常的旧衣服，坐在一辆"篷子车"上，只有外祖母和一个老妈子陪着，提心吊胆了三十里地才一路有惊无险地到了"婆家"。走进了一个有着"土门楼"（不是木门楼）的庄稼院，被带到一间只有"一扇门"（不是两扇门）的低矮的房子里，爬上了一座只有"土炕沿"（不是木炕沿）的土炕——完成了一个女孩儿家在一生中最最重要的婚姻大事。

"土门楼"、"一扇门"和"土炕沿"是母亲对于自己"新婚"的深刻记忆。

母亲最大胆的反叛行为是：在婚前把一条大辫子剪掉了，新媳妇的发型成了当时在农村还很罕见的、时尚的短发。母亲曾经在上海烟盒上看到过梳着短发的女子，她喜欢时髦而简单的短发，不必每天去梳那个倒霉的大辫子，而且她知道，如果到了婆家，天天都要梳盘头（就是纂），那是非常烦的事。而且，当时女人挨打时都是因为被丈夫抓住纂而无处遁逃，而到了那个时候，想剪掉自己的头发就会成为一个"事件"——那几乎是不可能得到允许的事情。

当时，传统守旧的农村人，鄙夷地把上海烟盒上的梳短发的女子叫作"髦子人儿"。为了这件事，外祖父和他一向偏爱的二女儿反目成仇，他知道女儿不想出嫁，也知道这件事对于双盛永来说多么严重……果然，祖父和叔祖父非常愤怒，以至于在母亲婚后许久，母亲都被叫作"头陀"。"头陀"就是"不僧不道、不男不女"的意思，这个充满了鄙视和辱骂的称呼，一直跟随着母亲，直到"剪发"风潮波及河北农村，祖父和叔祖父的女儿们，也就是母亲的大姑和小姑也都剪成了"短发"才算了结。

外祖父把二女儿送到了双盛永，本心是希望她不再遭受大女儿的悲剧，可没有想到的是，母亲却不得不面对由于家庭社会地位和两种文化背景的落差所导致的困境：她从有大门、仪门、山屏门，高大的垂花门楼上有描金雕花脊，看墙磨砖对缝的世代书香李家，"下嫁"到一个泥房、草房、榨油房、经营小铺的庄户人家；从中门庄"倬老爷"的外孙女、"翰林小姐"变成了"双盛永的儿媳妇"……命里注定了她一生之中的痛苦和磨难。

在与父亲做了六十年夫妻之后，在与父亲生了九个孩子（我的三个哥哥和姐姐、一个妹妹早夭）之后，在她七十八岁去世之前的半个月，母亲还曾经悄悄地对我说："我不喜欢你爸爸，你爸爸没风度。"——这是母亲对我说的最后一句悄悄话。母亲为什么和我说起父亲的"风度"，我已经记不清了，可是记忆至今的是：当时我惊奇地看着她的眼睛，那眼神里流露着悲哀。

外祖父的悲剧

生性浪漫的外祖父经历了富于悲剧色彩的一生：他追逐新潮，却没有经营生活的本领和毅力；那个给了他贵族精神，给了他求索精神的家庭，在他长大成人的时候，已经到了末世。当他成年之后，到了需要他自己挣钱去维持自己的尊严和家庭生活的时候，他曾经自立，却没能做到。他的一生总是依靠别人：依靠门庭，依靠父亲，依靠岳父，依靠儿子，最后死于自己的不能自立。

他在四十多岁正当盛年的时候患了伤寒病，思想新潮的他拒绝中医诊治，对外祖母说："我的病中医是治不好的，得西医，等儿子回来了，叫他带我去开滦（英国投资的开滦煤矿）的德国医院，打一针盘尼西林（亦即青霉素）就好了。"当时去德国医院看病和打盘尼西林都是很奢侈、很贵族、很新潮的事情，盘尼西林当时贵得像金子，外祖母赶忙托人捎信给儿子，外祖父就躺在床上静静地等待儿子回来。那时候，他的儿子在唐山瑞生成绸布庄做事挣钱养家，已经代替了外祖父的角色成了一家之主。

儿子终于回来了，外祖父从床上爬起来对儿子叙述了自己的想法。儿子听完，略略想了一下说："去德国医院可以，就可着（"尽着"的意思，指在某个范围之内不增减）这三间房的钱吧！"他听懂了儿子的话，儿子的意思是，要去那么贵的德国医院看病、打针，就卖这三间房子吧！——这三间房是外祖父年轻时"分家"所得，是外祖父的唯一财产，也是当时一家人安身立命、遮风挡雨的地方，对乡下人来说，不到万不得已、穷途末路谁都不会卖房子……听完儿子的话，他躺下去，面对着墙不再说一句话，直到黯然地死去。那是民国二十三年（1934）……这是他最后一次没有结果地追逐新潮，最后一次显现贵族精神。

外祖父是一个符合旧传统的孝顺儿子，却不是一个称职的父亲；他有自己对于世事的独特想法，却缺少做成独特事业的能力——包括自己的职业构想和自己伤寒病的治疗都没有达到他的愿望；他有自己的尊严，却没有能力维护它——包括因为依靠岳父而造成的在妻子面前的萎缩，因为依靠儿子而造成的不治，都是可悲的失败……他维护尊严最后的一次努力就是他一直到死都"面对着墙，不再说一句话"。

他无言地带走了所有的、不为人知的内心感受……

母亲无数次地讲起外祖父的死，告诉我们："人得自己有本事，谁也别靠，儿子也不行。"

有时候我想，如果舅父在世的话，对于外祖父的去世或许会有不同的记忆和说法，而今外祖父、外祖母、舅父、母亲都已经作古，这件事也就只留下了母亲的讲述。

三　小茶叶胡同14号

（1950—1953 年）

掌握了政权之后的二十世纪五十年代，是新中国第一代领导人精力最旺盛的时期，也是"革命"需求最大的时候，从1949年起始，他们发动了接连不断的政治运动（也叫作"群众运动"），这些运动席卷全国，每一个普通百姓都要参与，并且在每一次的政治运动中都受到触及灵魂、终生难忘的"教育"。父亲和母亲从经济到政治原本都处于社会边缘，他们的"出身"和1949年之前的经历，决定了他们不会是"革命者"，可也不属于"反革命"，他们游走于"革命动力"对立面，属于"革命对象"的边缘群体。

2000年由山东人民出版社出版的《中国二十世纪纪事本末》中记载的席卷全民的政治运动触目皆是，1950年的"土地改革运动""镇压反革命运动""抗美援朝运动"，1951年的"三反运动"，1952年的"五反运动"，都关乎父亲、母亲生活的巨大变化，以至让他们记忆至深。

父亲记忆中的1949年至1953年的国家大事是：北京成立了股票市场，"镇反运动""三反""五反"运动大张旗鼓地展开，农村实行"土地改革运动"，"抗美援朝运动"开始和结束，股票市场结束。

父亲和母亲经历的大事是：父亲做股票挣钱，置产买房，信义隆记工厂倒闭，在"三反运动""五反运动"之后卖房偿债，父亲开始做行商，姑姑被丈夫休弃。

父亲经历的"镇反""三反""五反"运动

父亲第一次见识新中国的政治运动是 1950 年年末开始的"镇压反革命运动"（也叫作"镇反运动"），父亲从报纸上注意到 1951 年公布的一百九十九人被枪毙的名单中有五台山普济佛教会的李俊杰——就是父亲在十九岁的时候替叔父进京到新街口"交佛款"时看到的生活腐化的"李佛爷"，父亲觉得他被枪毙是因为吃"佛款"，遭了报应，罪有应得，为此父亲对共产党惩恶扬善的魄力颇有好感。当然他不曾想到的是，五台山普济佛教会在镇反运动中被定为"反动会道门"，而这不久就会牵连到自己，他的这个"历史问题"让他担上了永远洗不清的罪名。

第二件让父亲觉得出乎意料的事情是，在新中国成立之后不久，股票市场就被恢复起来，北京也成立了证券公司。以前父亲是住在北京，到天津去做股票，现在他不必跑天津了，父亲和他的朋友们都受到极大的鼓舞。

新开放的股票市场从运作方式到参与者还都是旧社会的那一帮人。1949 年后担任了宣武区公安分局（二外分局）股长的中共地下工作者张振声是母亲的三姨夫（我叫他三姨夫姥爷），1950 年他受命在北京开始张罗成立了"德成证券行"和"兴业投资公司"。由于他做地下工作的时候，公开的身份是股票商人，所以他寻找的发起人和负责人、股东也都是他旧日的亲朋：肖秀东任总经理，我的舅父任经理，父亲不愿意沾官面，不愿意担当实职受限制，只愿担任一个有名无实的襄理。

驾轻就熟的父亲在新社会的股票市场一开始就遇到了好运——买卖启新洋灰等股票净挣一百多两黄金。

这次成功，再度鼓励了父亲对自己的信心，也让他对新中国产生了好感——他觉得自己拥有的经验、本钱和信誉在新社会照样有用，只要顺应社会、奉公守法，自己在新社会也照样可以成功，前景也将会是一片光明……

可事实上这是父亲的最后一次走运。德成证券行在"三反""五反"之后就"关张"了，证券交易所改易为"证券营业部"，只履行代办手续的职责，证券市场并没有像父亲预想的那样发展下去。

在这一年的秋天，志得意满的父亲在北京购买了西城区小茶叶胡同14号的宅子。当时，新中国成立不久，出卖房产的人不少，房价正在走低——当时卖房子的人多半是迫于时局，而父亲买房子就像买股票一样，纯粹是觉得当时买合算，是"买在低价"了，父亲说房子是花了五条金子（二十多两，合两千多块银圆）买的，又用了七百块现大洋修理下水道。

小茶叶胡同14号是父亲一生当中拥有的唯一一套自己的住宅。那年父亲三十一岁，正值盛年，他的事业和心理状况都达到了峰巅，同时也是开始走下坡路的起点，而倒霉的缘由就是父亲投资了五十匹布的那个"信义染织工厂"。

从 1947 年 9 月开业，经历了两年多运营的"信义染织工厂"，到了 1950 年本钱就已经赔得精光。对于赔钱的原因，父亲一直相信李济"行业不对，市场不好，时局不利"的说法，并不曾怀疑李济欠缺经营的才能。此时此刻原来参股的股东大都退出了这个商号，而当时有能力继续出钱、出力，拯救信义染织工厂的人也就只剩下父亲一个人了……

父亲说他没有推辞并且准备再一次注资信义染织工厂，主要还是出于"顺应社会"的考虑。

父亲说：自己在新中国挣了钱，自然希望好景能够继续和长久，而保证好景继续和长久的办法，除了自己有本事以外，还得要顺应社会、遵纪守法。

父亲说：当时他想，在新社会的舆论上，做股票属于"奸商"的"投机倒把"行为，这个行业可能不会长久。报纸上刊登的政策之中，把帝国主义、封建主义和官僚资本主义划为"三敌"，而工人阶级、农民阶级、小资产阶级、民族资产阶级则是"四友"。投资工厂应该就是民族资产阶级了，好在自己已经投资了工厂，只要把工厂办好，进入民族资产阶级的行列，也就成了共产党的"四友"之一，也就算是顺应社会了。

父亲打起精神，准备进入一个新的行当，他觉得织布不行可以就近改成织窗纱，国家百废待举，到处都在大兴土木，窗纱应该是有市场的。只要找对了行业、有市场，信义工厂应该是有前途的。李济当然接受这个建议，他只是不想失业——只要有人继续注资，他就可以不失业。

1951年的12月，改组之后的"合伙契约"签订了，与前次在1947年签订的民间商业"合同"不一样的是，新的"合伙契约"显然是有关部门颁布的规范性的文件，实际上这一次参加注资的股东除了李济之外，只有父亲和两个对于父亲的能力和眼光坚信不疑的朋友吕世奇和丁子瑜，四个人共同注资三千六百万元（1955年币制改革之前的旧币）。新工厂制售窗纱罗底网子，改名"信义隆记工厂"，经理人仍然是李济。

在父亲的主持下，信义工厂卖掉了织布机，买了新的窗纱机，备足辅助机械和原料，并且准备了一笔流动资金……为此父亲经手出面又为工厂借钱六千万元，言明工厂挣了钱先还债务……正在准备开工的时候，"三反运动"就开始了。

"三反运动"（反贪污、反浪费、反对官僚主义。这个运动起因于河北省委揭发出中共高官刘青山、张子善的特大贪污案（二人贪污3.7亿元以上），原本是为了整肃、清理党内官员的"贪污腐化"和"受贿"问题，可是党内的贪污腐化和受贿，必然连带出"不法资本家"和"奸商"的"行贿"和"违法"行为，所以在1952年年初，指向不法资本家和奸商的"五反运动"（反对行贿、反对偷税漏税、反对盗骗国家财产、反对偷工减料、反对盗窃国家经济情报）也就开始了。

《中国二十世纪纪事本末》中对于"三反运动"和"五反运动"成果的叙述分别是：

据统计，全国参加"三反"运动的人数为三百八十三万人（不包括军队），共查出贪污分子和有贪污错误的人为一百二十万人，贪污的金额达六万亿元，其中贪污一千万元以上的有十点七万人，对有严重贪污行为的罪犯，判处有期徒刑的九千九百四十二人，判处无期徒刑的六十七人，判处死刑的四十二人，判处死缓的九人。（第60页）

参加"五反"运动的工商户总计九十九万九千七百零七户，受到刑事处分的只有一千五百零九人，仅占总数的0.15%，其中判处死刑和死缓的仅十九人，占判刑总数的1.26%，据北京、天津、上海、武汉、广州、重庆、西安、济南八大城市统计，定为守法户、基本守法户、半守法半违法户的，占工商户总数的97%以上。（第63页）

也就是说，贪污的官员占了总数的三分之一，而违法的工商户只占总数的0.15%。

父亲说是："三反""五反"运动的方式是"停产，揭发清查工厂厂主的问题，运动期间不许解雇工人，不许停发工资"，工人整天开会、查账、揭发、斗争工厂主，到了一年以后的1952年10月"三反""五反"运动胜利结束的时候，一直在苟延残喘的信义隆记工厂什么问题也没有查出来，同时也就破产倒闭了。

直接的原因是，运动期间工人的工资和工厂各方面的开支都是用那笔流动资金和变卖原料的钱支付的（那是父亲出面借下的六千万元债务），而对于父亲来说更严重的是：李济在没钱开兑的时候又先斩后奏地使用了朋友借给父亲的、汇到信义隆记工厂的私款三千万元，而那是父亲仅有的本钱了。再加上最初的注资和借款六千万元，父亲已经有了将近一亿元钱的亏空……

信义隆记工厂倒闭时最终的处理是：父亲负责偿还所有的债务，工厂仅有的几台窗纱机以及厂里所有的家当全都拉了小茶叶胡同14号归了父亲，记忆中还有桌椅板凳和给工人做饭的锅碗瓢盆切菜刀小板凳之类……

父亲说：当时有一批像信义隆记工厂这样的小私营工商户都是经不住坐吃山空，在运动之后关门了。

在小茶叶胡同经历的国家大事还有1950年10月开始的"抗美援朝运动"。父亲说，那时候到处募款，火车上募款、轮船上募款、商号募款、住户募款……派出所让居民去开会，先讲"抗美援朝保家卫国"的道理，然后就"自愿"捐款，当场登记认捐多少钱才让回家，然后就来"催缴通知单"，让你赶快把钱送到派出所。

父亲死后，我们从他的遗物中看到了一叠1951年的捐款收据，它们是：

1951年6月20日"捐献'列车旅客号'飞机"五千元，收据落款和图章是"北京列车段飞机大炮捐献委员会"，这应该是父亲遇到了火车上的募款。

1951 年 8 月 3 日捐献七万五千元。

1951 年 8 月 5 日捐献人民币三万元。

1951 年 9 月 24 日捐献人民币十万元。

1951 年 10 月 31 日捐献人民币十一万五千元。

1951 年 11 月 4 日捐献人民币十万元。

1951 年 11 月 16 日捐献人民币五万元。

上面这六张收据是"北京市抗美援朝分会武器捐款统一收据","代收机关"是"北京市人民政府内四分局第七派出所",上面填写的"捐款人"是父亲，住处是小茶叶胡同 14 号，"捐款类别"是工商界，"捐款用途"是战斗机。父亲说，那时候"捐钱买飞机去炸美国鬼子"是很"跟得上趟"的话，大家都那么说，大家都比赛着捐飞机，常香玉一个人就捐了一架。

另外一张是钢板蜡纸刻印的"催缴通知单"，人名和款数是钢笔填写的，上面写着：

敬启者：么先生为了实践抗美援朝总会号召，捐献"四区人民号"飞机，积极表现了爱国热情，前承允捐人民币四十二万元，尚希争取提前缴纳，以便完成此一伟大之任务

此致

么先生

缴款地点：第七派出所

时间：上午 7—11　　下午 2—6

1951年的42万元旧币到了1955年就成了42块钱了，不过当时的物价低，猪肉才4毛钱一斤。

除此之外，在这三年之中，三十一岁至三十四岁的父亲身边发生的事情也不少，而且都是大事：

1950年农村开展了"土地改革运动"，父亲得到的消息是：自己的成分被划成了"逃亡地主"，那个与抽大烟的丈夫离异之后回到娘家，在叔祖父去世之后继承了"祖产"的叔祖父的大女儿（我的大姑）被扫地出门、挂牌、游街、挨斗……

1950年，嫁到唐山的姑姑（父亲的姐姐）被丈夫休弃赶出家门，父亲把她和她的三个孩子安置在北京，开始承担两个家庭的开支，同时停下了证券生意，一门心思地开始钻研新社会的新法规，帮助姑姑与婆婆家打官司——当时，旧社会的律师们多半在观望，不敢随便接受委托……

"镇反运动"、"土地改革运动"、"三反运动"、"五反运动"、信义隆记工厂倒闭、股票市场不景气、两个家庭开支、打官司……这一切都发生在小茶叶胡同14号。父亲说，那几年的景况是入不敷出。

1953年春天，债主催债，两个家庭十口人（姑姑和她的三个小孩、叔祖母、父亲、母亲和我们兄妹三人）全指着父亲一个人生活……父亲腾挪乏术，卖掉了小茶叶胡同14号的房子，卖价六千六百元（新币制），当时政府已经开始干预房产的买卖——买卖的价钱由国家来定。

父亲说：在 1953 年卖掉房子以后，他预感到证券行业已经走向末路，买了一批股票作为日后的升值本钱（24个^① 天津"仁立"、30 个天津"东亚"、590 万股唐山"开滦"），一共花了五百多块钱——那是父亲对于股票最后的信任和迷恋。

我的快乐的童年

从 1950 年的秋天到 1953 年的春天，小茶叶胡同 14 号是父亲生命的转折点。而对于从五岁到八岁的我来说，那里有我全部的童年快乐。

小茶叶胡同在北沟沿（1949 年后更名为"赵登禹路"，可老百姓仍然叫它"北沟沿"）南段的西边，是连接东西向的大茶叶胡同和回子营（后来改名平安巷）的一条南北走向的、曲曲折折的小胡同。从前门开往西直门的七路公共汽车从赵登禹路穿过，距离小茶叶胡同最近的汽车站是报子胡同。当时，我在报子胡同小学读书，报子胡同往南有帅府胡同、礼路胡同，往北有受璧胡同、石老娘胡同，经过"文化大革命"，这五条胡同从南向北改名叫西四北头条、二条、三条、四条、五条了。

---

① 作者在采访父亲时，父亲口述为"个"。此处，"个"似为口语中的股票数量单位。类似于"1 手股票"，但具体不详。——编者注

小茶叶胡同 14 号是一个"刀把形"的院落，原本长方形的一块地，西南角缺了一块，那块地上的房子，属于 15 号。院子分为三进：外院、里院和后院，傍晚，从院子里往南望，可以看到白塔寺的塔尖上面夕阳慢慢地消失。

外院有地一亩一分八，只在西北角有一个厕所，其他的地方种满了老玉米、西红柿、黄瓜、茄子和辣椒。春天和夏天满院子的繁荣，直到冬天下雪的时候，积雪下面还会露出菜秧、瓜秧和玉米秸。出身刘各庄的父亲喜欢大院子，这个院子的四季景象，都体现着父亲、母亲和叔祖母对于刘各庄老家的思念。

14 号的大门在院子的东南角，大门右边的门框上有一个拉手，一根粗铁丝，穿过长长的前院，拴在二门的门框上。粗铁丝的末端，挂着一只很大很厚实的铜铃铛，来客只要在大门外拉一拉那个拉手，里院就可以听到铜铃铛的"叮当"声。那时候我还够不着那个拉手，每次放学回家，都用手打门，用脚踢门，同时大声地叫喊"开门！"等待母亲来开门的时候，就把大门上干裂的油漆一块一块地抠下来。记得大门上还有对联，似乎是"忠厚传家久，诗书继世长"之类。

二门是四扇屏门，门是深绿色的，上面有星星点点三角形的金屑，厚厚的油漆下面，斑驳处还能看到石灰衬底里面掺和的麻刀。四扇屏门上面有四个朱红底色的菱形方块，方块上面有四个黑漆楷体字，是什么"平安"之类。屏门后面是影壁，影壁后面有一个大鱼缸，鱼缸中伸出几枝荷叶。我要两手扒着鱼缸的边，踮起脚才能看到红色的金鱼在水里游来游去。

正房三间，东西耳房，厢房东西各三。西厢房住着叔祖母，东厢房住着父亲的朋友刘荣生，父亲让我叫他刘大爷。刘荣生有两个儿子，刘仪和刘和，不记得有刘大妈。厨房在西耳房和西厢房之间，与正房相通。父亲、母亲、刚刚出生的妹妹、哥哥和我住在正房。

正房三间是两明一暗，我和哥哥住在东边的一间碧纱橱里，隔扇的裙板雕刻着瓜蔓一样的凸出来的图案，上面有棂条花格还有蝙蝠什么的木雕花纹，棂条花格中间夹着的半透明的绢纱是淡青色的。

两张单人床，我的靠着隔扇，哥哥的靠着东耳房。靠窗是哥哥的写字台，写字台是硬木架，桌面上镶嵌着三块大理石，桌面下三个大抽屉，"两头沉"① 各有两个小抽屉（这个写字台一直保存至今，父亲去世之后就归了老三）。我的床前有脸盆架和脸盆，脸盆架旁边架着胰子盒，上边搭着洗脸的手巾。我和哥哥一起睡，最占便宜的是不用自己打洗脸水、不用倒尿盆。冬天的早晨，等哥哥洗完脸，我就赶紧用剩水洗两把，那水还是热乎的。冬天的晚上，我就在被窝里忍着，等哥哥做完作业，睡觉之前去把尿盆提进屋来，我就赶紧下床尿尿。哥哥气得发昏，常常向母

---

① "两头沉"是 1980 年代之前常见的一种写字台的样式，通常桌面下有左、中、右依次排开的与桌面平行的三个抽屉，其中左右两侧抽屉下又有柜子或抽屉，既能储物又是支撑结构。——编者注

亲告状，说是："丫儿（我的小名）太懒不倒尿盆，丫儿太脏不洗手巾，不倒洗脸水。"母亲总是护着我："你比她大，让着她吧！"

我最喜欢看哥哥吹口琴。哥哥有两支"石人望"牌的口琴，吹起来声音悠扬，还用舌头打着好听的拍子。他还会用两支口琴一起吹，两只大手同时捏着两支口琴，主要吹上面的那支，到了一个地方就突然灵活地把上面的那支推到外边，吹一下下面的那支，然后，嘴就又回到上面。下面那支口琴的加入，像是一个和声，虽然只有一两个音，却使那支曲子发生了奇妙的变化，真是好听极了。

我还喜欢看哥哥拆口琴。他经常把口琴大卸八块，一支口琴会拆下许多厚薄不一的小簧片和一堆小极了的螺丝钉，他要清洗那些簧片。每次哥哥清洗口琴，我都会踮起脚，踩着写字台的脚踏，两手用力扒着桌边，竭力让下巴也搁在桌面上，目不转睛地看着口琴从拆到装的整个过程。

有一次，哥哥拆了三支口琴，琴身、簧片、小螺丝钉在桌子上排成好几堆，我忍不住用扒着桌子边的右手手指去摸那个距离最近的小螺丝钉，哥哥看见以后，冲我大吼："不许动！"我先是吓了一哆嗦，之后就大火，伸手把那些分成一堆一堆的簧片、螺丝钉胡噜到了一块。哥哥大怒，跳起来重重地拍了我一掌，之后当然就是照例的我的号啕大哭和母亲捶打哥哥的后背……当时，哥哥正在师大男附中上高中（哥哥生于1935年，年长我十岁），是学校民乐队的指挥。

里院的两棵枣树年年都携带着希望，春天淡淡的枣花香飘满整个院子。眼看着枣花干枯，小青枣越长越大，由青变红，我每天都在盼望打枣，像是盼望节日。终于盼来了这一天，我在树下眼巴巴地等着，哥哥很神气地坐在树杈上吃大红枣，故意不理睬我，好半天才扔下一个又小又青的枣来，气得我发昏，在树下又跳又叫也没有用。直到二奶奶（叔祖母）在长长的竹竿上绑好了铁钩，钩住了树枝摇晃，大枣就像下雹子一样噼里啪啦地掉下来。我顾不上大枣砸在身上和头上有多么疼，兜里全都装满了，还装满了小篮子。

端午、中秋和过年这三大节是我最最盼望的日子。端午节母亲会包很好吃的粽子，江米和小枣都透出苇叶的清香；中秋节吃桂香村的酥皮月饼和各种水果；过年最为隆重，从喝腊八粥就开始一步步进入了年。祭灶那天，母亲和叔祖母清早起来就会洒扫庭除，晚上焚化从厨房的墙上揭下来的"灶王爷灶王奶奶"的画像和对联。叔祖母一边磕头一边念念有词，说是："灶王爷上天，好话多说坏话少说……"灶王爷和灶王奶奶画像两旁的对联是"上天言好事，下界保平安"，横批"一家之主"。祭灶的仪式在我家年年都有，只不过越来越简化，越来越小心，一直延续到"文革"之前买不到灶王爷灶王奶奶的画像为止。那时，祭灶已经被定义为"封建迷信活动"了。

母亲在年前会有很长时间整天做饭：很多豆馅馒头和黏豆包、做成花形的馒头、黄面大枣年糕、一碗一碗的炖肉，都放进院子里的一个小缸里冷冻着。过了年之后，从初一到十五都是吃年前做的馒头、年糕和炖肉，每天只是熬一锅白菜汤。母亲说：老家都是正月十五以前不起火做饭，媳妇们也不动针线，净是嗑瓜子、打牌和耍钱。

过年之前很久就买回来的红色的纸灯笼，使我心里充满了温暖、幸福和期待，看着这只红灯笼，天天都在扳着手指计算时间……

除夕终于到了。记忆中父亲燃起整股的香对着神主磕头，我喜欢看父亲磕头时的中规中矩、训练有素。然后是叔祖母、母亲、哥哥，最后是我。给祖宗磕头是磕四个，因为"神三鬼四"。男人和女人磕头不一样，男人是磕一下一起身，女人是趴下去连续四下点头起身，我跟在哥哥后面，和他一样男式磕头。祭祖之后就是给父母磕头拜年，磕完了头，父母就给压岁钱。

母亲为我点燃红灯笼里面的小红蜡烛，然后我就从里院到外院，再到后院，三进的院子，只有我一个人打着灯笼走来走去，却是永远不会感到厌倦，也不会感到害怕。

后院有一排树、一口井，种着菜，还有鸡窝什么的，完全是农村的格局。

1951年，我六周岁的时候开始读初小一年级，同班的同学李春生、陈景荣、顾秀文都住在附近，放了学就来我家玩。外院像是鲁迅笔下的百草园，我们天天聚在一起也玩不够：逮蛐蛐儿、抓蚂蚱、追蜻蜓、扑蝴蝶……秋天，一串串深紫色的浆果熟透了，一排排长在墙边，非常好吃，我们经常吃得手上和嘴边都是紫色；冬天，打雪仗、藏猫猫；春天和夏天，多半都是聚在叔祖母的三间西厢房里玩跳房子、欻拐（用四个羊膝盖骨和一个装着黄豆的布包，玩比赛计分），因为父亲不让把同学领到正房去"反"。等到父亲不在的时候，我就把同学带到正房去，在五间连成一气的正房和耳房一通地跑。有一次，记得是冬天，我们藏猫猫，我躲到东耳房的夹竹桃大木花盆后面蹲着，他们一直找不到我，待得久了，我忽然觉得身上发冷，打了一个激灵，心里一阵害怕就从东耳房跑出来，跑出来之后还在发愣……

后来，我们搬家的时候，周围的街坊才告诉我们：我们之前的住户家的老太太，吊死在东耳房，那东耳房阴气太重。母亲联想起，有一次我在正房，扒着竹帘子往外看，对母亲说："二奶奶走了，二奶奶走了。"当时叔祖母正在屋子里和母亲一起做针线。

母亲说：孩子的眼睛干净，能够看见鬼魂，说我看见的可能就是那个吊死的老太太……街坊们还说：刀把形的房子不吉利，我们家还算是祖上有德，三年之中人口平安，可房子是保不住的……

对于小茶叶胡同 14 号最后的记忆就是卖家具：七个男人抬着一个厚厚的楠木大条案好不容易才拐出了屋门。那天，一同抬走的还有：架着大条案的两个架几、一张八仙桌、两把太师椅、四只方凳、一个炕桌、两个脚踏、一个冰柜……

　　眼看着这些家具被抬出去，隐隐约约觉得它们是不会再回来了，心里有点空，因为我喜欢八仙桌的桌面上、太师椅的靠背上镶嵌的大理石上那些引人想象的奇特花纹，炕桌和脚踏边上美丽的木雕花纹和彩色的百宝嵌，更喜欢那只让我夏天可以吃到沁人心脾的冰镇西瓜的冰柜。冰柜的外形像是一个巨大的升，厚厚的硬木打着铜箍，锡里子里面有一个坚实的木架隔开上下两层，上面放西瓜和水果，下面放冰，冰柜底下有一个圆孔，用裹着布的木塞塞住，那是冰水的出水口，冰是父亲从什刹海的冰窖买来的……

　　家里的二十七件硬木家具就剩下了实用的几件：父亲、母亲的衣服装得满满的大炕箱，二奶奶一直睡着的架子床，父亲每天趴在上面算账的写字台，供着祖父、祖母、叔祖父神主牌位的半圆桌，装着一家人衣服的大立柜，装着父亲的账本、母亲的首饰的小柜和父亲钟爱的一对小茶几……

　　从小茶叶胡同14号搬出来之后，我们住进了兵马司胡同52号。父亲租了四间房，东房一间父亲和母亲住，叔祖母和我们三个姐妹住的是三间南房。

　　1950年老二出生的时候父亲买了房，1953年老三出生后不久父亲就卖了房。所以，在很长的时间里，父亲都偏爱老二不喜欢老三，可能觉得老二是一个与好运同时出现的宁馨儿而老三的出生昭示着败落的不祥吧！

　　小茶叶胡同14号是父亲在北京"成功"的标志。从

1953 年以后，父亲再也没有置过房产，家里的处境每况愈下。

在离别了五十年后的 2003 年，我特地到小茶叶胡同 14 号去了一趟，可能是我已经到了"怀旧"的年龄吧！邻居 15 号的大门依旧，14 号却已面目全非，那一亩一分八的外院和曾经种着两棵枣树的里院都横横竖竖盖满了简易平房。穿过一条弯曲的小道，好不容易才走到三间正房面前，父亲和母亲的两间、我和哥哥的碧纱橱，各自开了一个门，住了三户人家，隔扇变成了简易隔断墙，只有门前地基的条石还在……

我从院子里退出来，在门口伫立良久，许多过去的生活场景，一幕幕出现在我的面前：搬进这个家的时候，父亲和母亲年轻的笑脸；春天，二奶奶在外院种花、种菜；夏天，母亲身穿黄底黄花缎面旗袍的少妇身影；秋天，哥哥坐在枣树上吃枣，我在下面眼巴巴地看着哥哥，母亲抱着妹妹站在屋门口看着笑；冬天，父亲和母亲屋子里那座比当时的我还高的取暖炉子热烘烘的，里面烧着"硬煤"，"硬煤"在炉子里是橘红色，那是唐山出产的最优质的煤，父亲一次买一卡车堆在外院；春节的时候，父亲和母亲看着哥哥在院子里放二踢脚、看着哥哥站在正屋门口和刘仪对着放炮打灯……

真真的是人生如梦、世事如昨啊……

四　兵马司胡同52号的前六年

（1953—1958 年）

从 1953 年年初到 1969 年年中，父亲母亲和我们兄妹在兵马司胡同 52 号住了十七年。

这个时期父亲是从三十四岁至五十岁，母亲从三十七岁至五十三岁的盛年；兄长是从十八岁至二十四岁大学毕业（1959 年大学毕业以后分配去重庆郭家沱兵工厂工作），恰是青春年华；而我在兵马司是从八岁长到二十四岁，从小学上到大学。可以说兵马司胡同 52 号的十七年，在我们全家人的生命历程中都是重要的时期。

父亲和母亲在兵马司胡同 52 号经历的十七年可以分成前后两个部分，前六年（1953—1958）是新中国的二十世纪五十年代，1955 年的"肃反运动"、1956 年的"公私合营运动"、1957 年的"整风运动""反右运动"、1958 年的"大跃进"运动、"人民公社化运动"、"大炼钢铁运动"都发生在这一时期。

"三反""五反"运动结束，父亲薄弱的资本告罄，证券市场被取消几乎发生在同一时段，父亲为生计改行做行商。

父亲从"做股票"到"做行商"

1953 年 4 月，我们家浩浩荡荡地搬进了兵马司胡同 52 号。

那时候的兵马司胡同 52 号（后来改为 18 号）有一个

体面的屋宇式的大门，大门背面安装着新式铁门闩（不是木制门闩），大门后面的甬道上，东西各有五棵小柏树，然后是一个长长的门洞，门洞里安装着电话。

前院是房东的住处与他的铜城罗底工厂厂房和工人宿舍，我家住在后院，整个院子里只有我们和房东两家人。房东靳怀孔是安徽省颍上县人，太太叫朱兰英，年轻漂亮，抹着红嘴唇。靳怀孔也是因为经历了"三反""五反"，工厂资金开兑不开才开始出租房子。至于铜城罗底工厂倒闭，电话撤走，院子里的房客增加到八家，朱兰英和靳怀孔离异，靳怀孔的原配从安徽到来……那就是 1956 到 1958 年的事情了。

从小茶叶胡同 14 号搬到兵马司 52 号，尽管父亲和母亲把家具卖的卖、送的送，可是仍然把租赁的四间屋子摆得水泄不通，父亲和母亲又一次卖家具，这一次是叫来了"打鼓儿的"，父亲和母亲并不讨价还价，就让打鼓儿的把地上堆着的家具什物和零零碎碎都挑走了，我觉得打鼓儿的兴高采烈。

那时候，父亲的职业主要还是做股票，回家就坐在写字台后面写写算算，我家来来往往的客人和靳怀孔都称呼父亲"么先生"。

1955 年"三反""五反"结束之后，证券市场从不景气到没落再到被取消似乎也是极其顺理成章的事情。父亲没有资本办厂、开商号，也没有特长、技能去做技师，就在工商局登记做行商，从事从价格低的地方趸货，运到价格高的地方出卖，赚取两地差价的老本行。

父亲改做行商之后，就只有晚上坐在写字台后面了，白天他得四处去买货、提货、装货、发货，然后就坐着火车来往于北京和山西、天津（贩卖板香）、陕西、东北（贩卖废铁）、广州（贩卖旧书本、杏干、废麻绳）之间……有时候还带着老二或老三去免费坐火车，回家带回的蒲包里，装着荔枝、桂圆、阳桃……父亲做得勤勉努力，在这段时间里一家人的生活维持得不成问题，母亲也总是很高兴，父亲在院子里仍然被称为"么先生"。

记得在1955年"肃反运动"如火如荼的时候，父亲从广州回家之后还曾经和母亲悄悄说起：火车上车厢两头，用绳子拴着戴着手铐的人，是肃反对象被押解回乡……

1956年全国开展全行业"公私合营运动"之后，股票市场被取消，还在民间的股票定股定息十年偿还。父亲在1953年花了不到五百块钱买的24个天津"仁立"、30个天津"东亚"，共计定股为2490块钱，按照国家规定的百分比发放十年股息，每个月我们家可以有十块四毛钱的固定收入，这十块四毛钱在十年（1956~1966）当中，成为家里"救急"的钱，也是父亲和母亲的"指望"。可是那五百九十万股唐山"开滦"就算是打了水漂，据说因为开滦煤矿是英资企业，国家算是"代管"，百姓持有的股票时至今日一直不曾处理……

兄长的命运

1955 年 7 月 1 日，中共中央发出《关于展开斗争肃清暗藏的反革命分子的指示》，"社会肃反"和"党政机关内部肃反"同时开始。暑假中，最小的妹妹出生，兄长伺候母亲坐月子时收到班上党小组的通知：立即回学校参加肃反运动！

兄长生在 1935 年，父亲长他十六岁，他却比最小的妹妹年长二十岁……他与父亲在年辈上是父子，年龄上却更像是兄弟。

兄长是北京师大附中的 1954 年毕业生，身高一米八，相貌出众。当时，北京师大附中和河北高中是北京市最好的中学，兄长又是师大附中的高才生、乐队指挥。他的理想是考清华大学电机系，结果却不得不"服从分配"上了北京工业学院第一机械系，学了军工。

当时北京工业学院是仅次于"哈军工"（哈尔滨军事工程学院）的军工院校，学院中的尖端学科都由苏联专家授课，兄长班上学生的结构三分之一是像兄长那样的高中毕业生、三分之一是党员调干生、三分之一是农村来的贫下中农学生。

就像所有十九岁的"青苹果"一样自命不凡的兄长，面对班上大多数刚上完"工农速成中学"，在"高等数学"面前束手无策的党员"调干生"和出身好却文化根底浅的农村学生，表现了不明智的优越感，常常语出讥讽地说："半文盲也能上大学？"他实在是没有政治头脑，不明白新政权就是要培养无产阶级的"军工人才"，要走"阶级路线"！

于是，在"肃反运动"中，在一系列的政治审查表上"阶级出身"一栏填写了"资本家"的兄长，就顺理成章地成为"反对党反对社会主义"的"反革命分子"，受到班上党小组领导之下同班同学的"批斗"……

兄长从小到大在父母身边娇生惯养，不曾经历过"群众运动"，他白天挖空心思地交代所有的"不良思想"、"家庭根源"和"社会交往"，晚上就在被子里面抽泣、流泪……自命不凡让他"惹是生非"，生性懦弱又让他遇事"腾挪乏术"，可怜巴巴的兄长最后得到了"认罪态度较好"，受到"记录在案""不戴帽"的宽大处理——这是他在人生的道路上受到的第一次刻骨铭心的"教育"。

从此他很少参与班上的活动，也很少再胡乱发议论，他为了脱离自己的班集体，少参加班上的集体活动，总是一个人拿着丁字尺好像要去自习室画图。他参加了学校的京剧队，潜心学习京剧，他喜欢"四大须生"中的杨宝森，曾经与同好一起拜访京剧演员，还拜了杨宝森的琴师黄金璐为师，学习杨（宝森）派须生，后来竟然可以经常在学校粉墨登场，我看到过他演出《四郎探母》《群英会》《李陵碑》的剧照，也听过他《文昭关》《李陵碑》的录音磁带，照片上的他扮相英俊，表情和架势中规中矩，磁带中的发音吐字也都到家到业……

1957年，在波澜壮阔的"反右斗争"中，他的班上一大批出身好的农村同学因为表现"跟党一条心"，热烈地"帮助党整风"最后成了"右派"，他们一一被取消学籍，发配到"新华印刷厂""北郊木材厂"去排铅字、砍木头……学会了"一言不发"的兄长对于前两年还在批斗他、这一次却不能幸免于难的同学，心中暗暗幸灾乐祸："这一次轮到你们了，比我还惨！"那一年他上大三，二十二岁……自作聪明的兄长，一直到许久以后才诧异地知道，他的档案里对于他在"反右斗争"中表现的定性是"漏网右派"……

这个班入学时是四十五人，一部分由于学习吃力而退学，一部分成了"右派"，一部分因为在"反右斗争"之后的"政审不合格"而被取消学籍。到了毕业的时候，便只剩下十九个人……多一半不同类型的"青苹果"从"北京工业学院"的历史上消失了。

1959年，兄长毕业了。在分配之前，一位喜欢他的俄语老师（原中国驻波兰参赞）想招他做女婿，还说可以帮助他留在北京父母的身边，他心高气傲地婉言谢绝了老师的美意，一个人直奔重庆郭家沱兵工厂，踏上了一条荆棘之路……

他不喜欢俄语老师的千金，那女孩子距离他的理想太远了——那是因为高三的时候，兄长曾经有一个师大女附中的女朋友，她父亲是国民党福建省督军，两个人常常逛公园、轧马路，还去北海划过船。他们俩志趣相近，都是看中了清华大学，一个要考电机系、一个要上建筑系……在兄长上了北京工业学院之后，女孩子如愿以偿地上了清华大学建筑系，两个人仍然时有联系，但是在 1955 年兄长被批斗的时候，把她作为"社会交往"交代了之后，班上的党小组到清华大学去"外调"，向她了解兄长有什么"反动言行"，她没有落井下石，却从此不再与兄长往来……

2003 年，兄长已经六十八岁，我们谈起这段往事的时候，兄长的眼光里，还闪烁出悲哀——那是他的"初恋"啊……

1959 年，兄长大学毕业之后被分配到重庆郭家沱兵工厂，人事处分配他到兵工厂附属的中等专业学校（相当于高中）教数学，原因是出身不好（资本家出身），在政治运动中表现也不好（在"肃反运动"中被定为"反革命分子"，受到"记录在案""不戴帽"的宽大处理；在"反右斗争"中被定性为"漏网右派"），重庆郭家沱兵工厂对他一直"控制使用"。

"人事档案"制度成刊于延安时期。1949 年之后，每个人都有一份"人事档案"，每个单位都有一个部门叫作"人事处"，"人事处"的干部由出身好、成分好、政治可靠的人担任，他们的职责就是专门管理本单位的"人事档案"和人事使用（根据国家的政策掌握每个人的使用和升降），知识分子从毕业分配开始的经历和在历次政治运动中的表现都会记录在案，"人事档案"如影随形永远跟随着你，以使你在社会上的定位不发生偏离和中断，一直到你离开人世。

1960年，兄长在重庆工作，回家探亲（工作在外地的单身汉每年会有十二天探亲假，探望父母的车费可以报销，结婚之后是探望妻子，也就没有了对于父母的探亲假）时却得了阑尾炎。那时候正是"三年困难时期"，他是带着"三度浮肿"回来的，因为长期的营养不良，开刀以后的伤口长不上，医生把伤口周边浮肿的肉一次次切掉，用钢丝缝合伤口，全家都省下粮票让兄长吃饱饭，盼望他的伤口能够长上……他在人民医院住院期间，和一个外科手术室的护士开始了第二次恋爱。他真喜欢她，等到他出院返回重庆的时候，两个人已经是难舍难分。那位护士正在要求入党，当时"个人问题"也要得到党组织的审核和同意……对兄长外调的结果并不理想，他们的"恋爱"也就走到了尽头……

1963年初，兄长以重庆气候潮湿多雨，伤口经常疼痛为由，申请调回北京，正赶上进京调动冻结，又因为他的档案已经从重庆调出，滞留北京，他不想再回重庆教中专，就退而求其次要求作为筹建新厂的骨干人员调到邯郸。在重庆一直被"控制使用"的兄长很可能心情为之一振，不久就和一个国棉二厂的技术员结了婚。也许是二十八岁的兄长已经到了婚龄，也许是在恋爱和婚姻上他已经"成熟"，不再看重和追求浪漫的"感情"……可以确定的是，他不再奢望调回北京，在邯郸建立了自己的家。

兄长从事的是"保密"行业，他很少对我们提起他的工作性质，我们只觉得他忙极了，总是出差。

记得有一次，一个星期一的清早，我从家回北大上课，32路公共汽车在农科院站停车的时候，我突然看到兄长和一个同事下了车，我赶紧也跳下车叫住他。兄长结了婚就没有了一年一次回北京的探亲假，我们俩已经很久没有见面了，他告诉我他是出差刚到北京，马上会回家看望父母，这一次住在友谊宾馆（当时，住在友谊宾馆是觉得很高级的事情）……分别的时候，我忽然想起因为我提前下了车，身上已经没有钱坐车回北大了……兄长给了我一块钱，我才有了买车票的钱。那时候，我的兜里很少有过一块钱。

他每次到北京出差回家看望父亲和母亲，总是吃完母亲给他烙的肉饼就匆匆忙忙地走了……母亲奇怪地说："怎么这么忙呢？"

那时候，家里正是困难时期，我和三个妹妹都在上学，家里全靠父亲做临时工和兄长寄钱维持生活，月月入不敷出。记得那次兄长让父亲去汽车站捡点公共汽车票的票根（售票员检视完下车的人的车票之后丢弃的），兄长说：看看能不能回单位报销，如果报销了就把钱寄给父亲。父亲好几天早出晚归地守在汽车站，晚上整理一大堆汽车票根，三分的、五分的、七分的、一毛五的……兄长走后，父亲一直等着兄长报销汽车票根的钱，结果没有寄回来一分钱，我想应该是报销不了吧。

1968 年年底，北大中文系毕业的我被分配到新疆，在去新疆的路上，因为父亲觉得我此一去天涯海角，即使是回北京探亲，也很难抽出时间去邯郸看望兄长，所以让我特地在邯郸下车在兄长家住一夜。兄长为我请了半天假，把我从火车站接到家里之后，一边和我说着话，一边忙活：先是熟练地打开蜂窝煤炉子上的火盖，放上拔火罐儿，然后就站在水泥池边，用搓板洗了一大池儿子和女儿头一天脱下的脏衣服。等他把衣服都晾上绳子之后，炉子已经拔好了，他把从路上买回来的肉炖上，就点上一支烟坐下来，一边择菜一边和我说话：问候父亲和母亲，关心三个妹妹的前程，说到自己的工作时，只是说"忙！"

他说他前几年开始负责一个大项目（后来很久我才知道，这个"项目"是"仿造"苏制"指挥仪"——确定高射炮打飞机的射点的仪器。先是测定原料成分、出图纸，然后选择全国最好的军工厂生产合格的零件。他得负责去选择工厂、监督生产、检验产品、安装调试……那几年，他长年出差在外，几乎忘记了休息，连续在家最长的时间是十三天……经过六年"忘我"投入，"文革"前这个项目已经基本完成，进入了"调试"阶段。"文革"开始之后，因为兄长"出身是资产阶级"，又是"漏网右派"，被"靠边站"，由出身好的人去"调试"，仪器很快就投产了……在说这些话的时候，我感觉到兄长平静的表情下面不平静的内心，是啊，经过几年的"孕育"，这个项目几乎成为他的生命的一部分了，他是"总工"啊！这样的遽然割舍怎么可能做到"平静"呢？

吃完饭之后，他对我笑笑，说是"得去加班"就走了，一直到晚上十一点全家都睡下了，兄长还没有回家，嫂嫂不无埋怨地说："天天这样！且不回家呢！一点也是他，两点也是他。"第二天，兄长把我带到一个照相馆，我们俩照了一张合影，然后就把我送上了火车。打开车窗之后，我才居高临下地看到三十三岁的兄长头顶上的华发，我抑制不住自己的泪水……兄长忙碌的身影和充实的眼神给了我终生难忘的印象……

斗转星移的几十年又过去了，每个人都有很多事情忙来忙去。1994年母亲病殁之后，我们兄妹才有机会又聚在一起，那时候，我们的生命都已经消失太半……在去青龙桥母亲陵墓的火车上，年近花甲的兄长对我讲述了他的生活：

兄长是"研究员级高级工程师"，他既有能力负责工厂里先进产品的制造，也有能力开发新产品，解决理论和实践中的难题。在他的《兵器系统控制工程论文集》里集结的是他在1977~1994年发表的十三篇文章，那是他一生的心力所系，也是他忙碌一生的无言记录。

兄长对我说：这些论文是他研究能力的体现，他有过升任"工厂领导"的机会，也有过"出国两年"（进修？挣钱？）的机会，他没有当领导，是因为他觉得自己不会当，也当不好；他放弃了出国，是因为当时他想解决他负责的两个项目中出现的复杂的技术问题，两年之后，他把它们解决了，他说他觉得"值得"……他对自己的定位是"做事情的人"。

兄长得到过"荣誉"：他担任过"河北省政协委员"；担任过"中国船舶工业总公司高级工程师（研究员级）职务评审委员会委员"；担任过《火力与指挥控制丛书》第二届编委会委员"；担任过"邯郸市人民政府工人参事员"。他把他的工作当成"事业"、当成"学术"，为了自己有能力解决自己研究领域里的"学术"难题、有能力把"事业"向前"推进"一步而感到"成就感"……

1999 年 8 月，六十四岁的兄长来北京看望父亲，我和兄长聊了整整一个下午：聊他的高中、大学、"挨整"、婚姻，聊他的工作、论文、学术，以及他的"政府特殊津贴"为什么会被厂领导从名单上取消，谈到他与妻子早已分灶做饭，却谁也不愿意首先提出离婚，都害怕落下离异的责任而失去儿女……我发现，虽然我们是亲兄妹，其实我并不了解他，他的内心曾经有过那么多不为人知的痛苦和无奈……那时候，他还没有退休，可能还有对于自己的"信心"，也可能潜意识里还觉得有遥远的"将来"，还有兴趣和心情回忆和叙述，还能够控制自己的情绪，含蓄地表达……

2000 年年底兄长退休，退休金每个月八百九十四元（单位里的一般工程师的退休金只有五百元），那时候他还想"做事"，可是却骄傲地没有理睬深圳一个公司三千元月薪的聘请，他说他不想当"打工仔"……当时，各地的工厂纷纷倒闭，即使是兵工厂也不例外，兄长一直不能接受自己已经不再是工厂"总工"的事实。在幻影里，他一直以为自己对于整个工厂几千人都有"拯救"的义务和可能……他非常努力地和几个退休同事组成了一个"公司"——第一次以"个人之力"开拓业务。每当有了一点看起来像是希望的希望（包括人民大学三妹夫牵线的一个项目）的时候，兄长都会书生气地事先投入极大的热望（他没想到人民大学的项目也会落空），而事实上，没有了军工企业的背景、没有了单位，兄长几乎没有成功的可能……

他可能伤了面子，也伤了心……

2003 年，六十八岁的兄长最后一次来北京看望父亲，他看起来孤独而且落寞，酒喝得很多……没有了"工作"作为支撑，他显然不知道怎样使自己的生活过得愉快和富有意义……

那一次，我们又聊了一个下午，我希望知道他的学术成就，他带来了权威的中国舰艇工业历史资料丛书《舰用指挥仪史料集（1953~1991）》中的"人物资料"复印本三页，其中有七百多字的条目对他进行介绍。

条目中介绍了他的成绩和他解决的问题，介绍了他曾经获得过国防工业系统"火控技术"优秀论文二等奖。他自《火力与指挥控制》创刊以来，蝉联五届编辑委员会委员，1988 年又应聘兼任《火力与指挥控制丛书》编辑委员会委员……

他就上述各学科性问题，在火力与指挥控制研究会学术刊物《火力与指挥控制》上先后发表9篇学术论文，其中《小功率随动系统的低速平稳性》和《运用深度软反馈镇定小功率随动系统》获国防工业系统《火控技术》优秀论文二等奖。

那天，兄长曾经一字一句地给我讲解那条目的专业内容，让我这个科盲可以明白他在他的领域里解决了什么样的学术难题。在说到专业的时候，兄长仍然记忆精准、表述确切，但是，我感觉兄长原本含蓄的性格和内敛的心情都已大变，他没有耐心听别人说话，急于表达，他特地掏出自己的退休证给我看，说是："我的退休证是朱镕基签发的……"证明着自己的重要和与众不同……我和父亲面面相觑，父亲悄悄对我说："太反常！可能是喝酒太多了……"后来我想，那也许是他的酒后真言——那是他的事业、一辈子的心心念念。

从1959年10月到2000年年底退休，这个出类拔萃的知识分子一共在职四十二年，似乎可以这样说：兄长是五十年代造就出来的、一生忠于职守的、只有付出没有回报的、"永不生锈的螺丝钉"。

兄长有着个性强、死心眼、业务好、不惜力的性格，他继承了家族"勤勉努力"的传统，也承袭了不善随机应变的秉性；他会干活却不会讨巧，乐于做事却不善经营自己的地位和利益，性格中还有父亲的懦弱，特别是对于自己命运的掌控者，他常常是受到伤害最后"咽下去"，然后说自己是"碰到了小人"，就像阿 Q 一样……无论是在家庭里还是在单位，干活的是他，得到利益的却并不一定是他……

在他七十一岁的 2006 年，我和女儿一同到邯郸看望他，他穿着睡衣坐在沙发上，已经是虎老雄心不在，连"酗酒"的能力也是与日俱衰了……

我想起前两年他还在兴奋地对我说：儿子在上海三次跳槽，已经是月薪一万多了（对于每个月退休金不到一千元的兄长来说，儿子"月薪一万"简直就是天价）；儿子说，将来在上海买两套两居室，接我们两老去上海养老……他的眼睛里闪烁着骄傲和希望的目光。

2009 年的 10 月，我和老三去邯郸，当我看到已经多日不曾洗澡、穿着一身脏兮兮的睡衣寻寻觅觅，思维和言语错乱，不再要求抽烟、喝酒、喝茶的兄长的时候，我觉得有洁癖的七十四岁的兄长已经是生不如死……

2010 年的 7 月 5 日，兄长在七十五岁时孤独地去世了，听赶去邯郸的妹妹们说，一米八身材仪表堂堂的兄长已经只剩下了皮包骨，死时大睁着双眼……

是啊！这个一生一世都过分看重"事业"的工作狂，在生活中却极不成功，或者说，始终"不成熟"。兄长一定是命运不济，他并没有伤害过别人，也不会利用别人，他只是不会保护自己。

父亲的"历史问题"

兄长在 1955 年"挨整"之后告诉父亲：他被批斗的罪行中，还牵扯到父亲曾经参加过"反动会道门"五台山普济佛教会的内容，父亲听完之后立即到派出所向管片民警书面交代了这段历史（在父亲的遗物中，我在一个写着"1955、1956 年"的报纸包裹里，找到了四角印着花纹的朱丝栏十一行信笺纸十页，这应该就是父亲第一次书面交代问题的留底了），交代的全文抄录如下：

×××负责同志：

我叫么蔼光，现住北京市西单区兵马司胡同 52 号，职业行商。我十五六年前曾参加过北京五台山普济佛教会，过去我未重视这个问题，未向政府作过交代，在现在肃反工作开展中政府指示我们，一切的历史问题都应向政府坦白交代，我现将我自幼到现在的全部历史完全写在下面，以向政府坦白交代一下。

1. 我在六岁上学，十二岁高小毕业，毕业就在家里帮助我父亲和我叔父开小杂货铺。

我十七岁小杂货铺歇业后，至十八岁是参加过五台山普济佛教会的时期（详情另写在后面）。十九岁至廿三岁在天津河东二马路德聚货栈及河东大昌兴胡同庆昌和货栈做棉布油粮生意，字号公成厚，我是副理，同时并在唐山粮市街三成立合记油粮代理店跑外（全有股东）。

三成立、公成厚先后停业，廿四岁至廿五岁在唐山陈谢庄任复兴号棉布庄经理（有股东）。

日寇投降复兴号歇业，廿六岁就改做行商。

廿七岁至廿九岁在天津河东住光明道10号义隆货栈做棉布和证券生意，并在北京崇外南河漕拐棒胡同丁一号成立信义染织工厂。

解放后一方面信义工厂跑外并自己做证券。三十岁（即50年）参加公安局据点前外施家胡同德成行加入股本，三十一岁（即51年）结束。三十三岁（53年）做行商到现在。

2. 在上述经过十七岁小杂货铺歇业以后到十八岁的这个时期是作过五台山普济佛教会的事情的时期，我将它的经过列下：

起因

我的叔父是个十足迷信者，在我幼年时他就拜丰润县西那母庄姓吴的为老师，吃斋念佛学习所谓参禅打坐练道运气，打算修成神仙，后来因练道练得总有病剩了二成眼（视力只剩下十分之二），他认为姓吴的道术不高，在我十一二岁的时候，他就由郝广安介绍加入了北京五台山普济佛教会，并且连同我们全家全参加了，在我十五岁那年，我父亲去世，我叔父认为人只有入教会的才学不坏，就叫我参加了他们的所谓讲善，讲善是每逢庙会宣和讲《宣讲拾遗》给逛庙的人听，宣讲因果报应和旧社会的礼义廉耻，讲善的人就是郝广安。

在我十七岁那年，郝广安拿来了五台山普济佛教会的布施本叫我叔父给写（写布施就是发展会员和收缴会费），我叔父因为眼睛不好自己不能外出，就叫我去办，并且说办这件事有很大好处，办这样的事情有很大阴功，将来能享清福。

我那时一方面是受叔父之命，二来自己受了那种家庭教育，自己的迷信也很深，就开始了所谓募赈。

从那时开始，我叔父对我就放了心，还叫我到北京五台山普济佛教会参观、听讲道，能叫我上北京我更是愿意的。

干了些什么？

募化五台山普济佛教会的布施差不多都是全家参加，我叔父和我劝募了二十家左右，大约二百名上下。

有时郝广安和沈广珍来宣传讲道和收款，那时都住我们家中，我叔父是很欢迎的，并且将入会的和愿听的都叫我找到我家去听，这样的情况在一年多有好几次。

我那时被称为"理事"，五台山普济佛教会凡是领了布施本劝募的人都被称为"理事"。

我上北京来参观和听讲，大约这一年多来过六七次，劝募的款交过郝广安沈广珍，自己也送过北京，还帮旁人往北京带过款，全交沈广珍。

脱离

在我初上北京五台山普济佛教会来参观，第一二次觉得很好，因为见到有粥厂、贫民医院、育幼院，还有放赈电影片，以为净做慈善。但是次数一多，见到收款的头子们随便乱用，生活全靠这个，生活程度还很高，吃喝穿戴其阔无比，我看到他们这种情形纯是指佛骗财，就由此我的思想转变，就不再干这个了。

我十八岁的后半年，就不办了，但与我叔父明说了是通不过的，只好以言语应（答应）着，而实际上去做生意。

我十九岁春季开始到天津做生意，做生意开始后直到如今，就未再做五台山普济佛教会的事情，更没有募赈，对于我的朋友就未谈过这个事情。

沈广珍常去我家找我叔，我叔父对我不满意骂我，我就敷衍一下。

我家到北京以后，于1947年姓沈的还找我叔父（那时我在天津做生意，住天津河东光明道10号义隆货栈）向我叔说："蔼光虽然这些年未办，现在还想叫他参加佛教会（给募赈）还想提拔他给一个理事名义。"我叔很满意，我回家时，我叔父对我说了，我就拒绝了。

解放后我仍是做生意，更未作五台山普济佛教会的事。关于五台山普济佛教会的组织：

地址　朝内老君堂胡同 22 号

　　　西外育幼院

　　　报恩寺贫民医院

　　　粥厂

组织　会长杨万春，住新街口罗儿胡同（我去京时已死，见过会长老婆）

　　　督监副会长（未见过）

　　　股长张心一（住址未详）

　　　　　朱福华（住老君堂胡同门牌不详，离会址很近）

　　　负责理事

　　　　　刘海州（住老君堂胡同门牌不详，会址对过）

　　　　　田凤岐（住罗儿胡同）

　　　　　张德恩（住罗儿胡同会长家）

　　　　　焦连汉（住罗儿胡同会长家）

　　　　　樊子峰（住罗儿胡同会长家）

　　　　　沈广珍（住魏善庄）

　　　　　扈国泰（地址不详）

　　　　　邱万林（地址不详）

被称呼为理事的人很多，都不曾介绍名姓。

到我家去劝道都是郝广安、沈广田、沈广珍，我

到北京来是和沈广珍见面接头，原因是：沈广珍介绍
沈广田（玉田东丰台南兴庄人），沈广田介绍郝广安
（住丰润曹道口），郝广安介绍我叔父和我们全家。

这份交代包括了父亲的经历、加入佛教会的起因、在
佛教会干了些什么、脱离佛教会的原因、佛教会的组织和
地址、自己的上线是谁（父亲的交代中涉及年龄和年代者
多有不确切之处）……

父亲说：片警表扬了父亲"主动"坦白，让他"继续
交代""深刻认识"，同时也"暗示"他，派出所早已经掌
握了这些问题，有人已经揭发了父亲。

此后的 1955 年至 1958 年，父亲多次被派出所通知去
"听报告"参加"学习"，多次奉命到丰盛派出所向片警交
代自己在 1937 年、1938 年以来，每年的经历和结识交往
的同人，继续"增补交代"和提高"认识"，回答外地前
来北京调查、核对有关佛教会及其他参加者的问题，细化
交代与上线沈广珍（佛教会常务理事）的每次见面和谈话
内容，存留至今的书面交代底稿共有三十份（1955 年两
份、1956 年五份、1958 年二十三份）。

四年之中经过了三十次的检查交代、补充细节、检举
揭发、自我认识……密密麻麻的底稿一共一百五十多页，
内容全都是围绕着佛教会的种种经历。

《中国二十世纪纪事本末》上面记载的"肃反运
动""基本结束于"1957 年年底，可是父亲的"肃反"交

代材料一直写到 1958 年的 10 月份。

1958 年 10 月份父亲交到派出所管片民警手中的材料共计三份，第一份是系统的"交代历史问题"底稿（竖写、无标点，浅黄色元书纸二十页，共七千四百四十九字），第二份是"更正补充募布施起始时期"底稿（竖写、无标点，小学生练习本对折九个拆页，共十九条三千二百八十二字），第三份是"补充交代"和"检举揭发"五则（竖写、无标点，小学生练习本对折五个拆页，共五条四百一十六字），三份加起来的字数是一万一千一百四十七字，篇幅已经是 1955 年初次检查交代（一千九百六十八字）的五倍半……

父亲的经历应该并不是只属于他自己，和父亲一样的平民百姓在那个时期都是这样度过的，父亲留下的文字应该是一种证明，他们的经历应该也是历史的一部分。

现将这三份交代底稿过录如下（酌加标点）：

第一份：系统交代历史问题。

我十七八岁时参加北京五台山普济佛教会并募过布施。我将详情写在下面。

起因

在我幼小时候，我叔父十分迷信，曾拜河北省丰润县西那母庄吴云广为老师，吃斋念佛参禅打坐练功运气，打算修成神仙。另一方面，每逢当地庙会聘请郝广安等人在庙会宣和讲《宣讲拾遗》等书，书的内容就是讲因果报应劝人孝悌忠信礼义廉耻守三纲五常五伦八德，聘来的人讲几天住在我们家我们管饭，并于每逢每年二月十九日及十月十五日，去丰润县韩城镇宋蛤蟆庄参加宣讲堂慈善会，每次集会一二天，约有百八十人在那里，此道门则为宣讲堂，并请神扶鸾，扶鸾的内容就说是某人某人因为办宣讲堂心诚，他的亡父母或祖父母已成了仙或者成了佛，还可以请回来做家谕，也请关老爷、吕祖、观音菩萨下界，名为训示参加的人，说参加宣讲堂有功将来能成佛，勉励好好作善等语，吴云广当场收徒弟传道，吴传道是参禅打坐运气，郝广安讲善。

我父亲生我一子，叔父无子，因此叔父对我管教很严，先叔父认为，青年子弟很容易学成吃喝嫖赌抽大烟，他认为参加作善道门孝悌忠信礼义廉耻绝不致学坏，为了怕我学成坏人，因此在我下学（结束学业）以后，即令我参加庙会宣和讲，即上述的《宣讲拾遗》等，并于二月十九日、十月十五日也让我去宋蛤蟆庄参加宣讲堂慈善会，我在参加这个时间，除在庙会跟着宣讲以外，我在宋蛤蟆庄学会了扶鸾的骗人勾当（说明：宣讲堂讲扶鸾，佛教会不讲扶鸾，以后办佛教会就不扶鸾了）。

在我十一二岁时，由郝广安介绍参加了北京五台山普济佛教会（即由我叔父主持将我们全家名字写上）每人花一块五，花了钱就算入了会，给一个收据。

十五岁时我父亲故去了，我十七岁时郝广安拿来了佛教会布施本，叫我叔父募布施，说入会是躲劫避难，募布施是积德救人，能享清红两福（红福就是红尘世界上享福，清福就是成神上天），我叔父失目不能外出，因此叫我募布施，我叔父也募，募成的均写我是介绍人（为的是让我出息，不写自己是介绍人），并由募赈起始，我叔父还让我来北京佛教会参观，我那时一方面迷信很深，加以平常管的很紧，一办佛教会还让来北京特别高兴，由此很高兴的进行募布施劝人。

勾当

先说我来到北京，一方面参观佛教会，一方面听讲道，我将佛教会的组织写在下面：

五台山普济佛教会于 1928 年成立，地点：总会在朝内老君堂 22 号

西直门外万寿寺旁有育幼院，内有一百多个孤儿，所以叫育幼院

总会还设有粥厂，共三处粥厂

北新桥报恩寺有贫民医院，还有育婴堂，挑花工厂

会长杨万春住新街口罗儿胡同 21 号

副会长朱少阳，听说做过外国公使，负责会务

督监朱庆澜，听说做过将军

范围宏大，会内设有四科八股，记得有慈善股、救济股、文牍股等，他的收入就靠出布施本募款来开支，听说还放账。每本簿子一百人，每名入会会友为一元，会员另加六元。1937年、1938年以前和当时按《千字文》出布施本，每个字出100本。起初放出布施极多，东北三省、京东、山东一带多得很，领几百本布施的很普遍，以后就渐渐的收入少了，解放前甚至无法开支。

1928年成立在伪社会局备案，日寇侵占中国在敌伪社会局备案，日寇投降后在伪国民党社会局备案，解放后会体解散。

会长杨万春我未见过，因为我来北京时他已经死去，他死后由他的老婆阎玉如代理会长，以后由他的儿子杨纪才任会长好几年，听说杨纪才任会长时，曾聘齐燮元为名誉会长。

杨纪才为会长时遭了各大理事田凤岐、沈广珍反对他，还有其他人也反对，是谁我不太清楚，以后杨纪才去沈阳成立了沈阳佛教会，日寇投降后朱少阳为理事长，沈广珍、田凤岐等四人为常务理事。

我去京之时，在会负责的理事记得有李俊杰、刘海州、田凤岐、焦连汉、樊子峰、扈国泰等，理事还很多都不知名姓，那时在杨会长家东北来的住的大理事人很多。

慈善股长是张心一，还有朱福华，朱是副会长朱少阳的侄子。

沈广珍那时还在会内负责任，日寇投降后当常务理事。

以上是那时佛教会组织情况。

那时东北及各处理事募来的款直接交佛教会，京东各处募的款交沈广珍，沈广珍交李俊杰，山东理事张汉臣募的款也交李俊杰，李俊杰再交会，李俊杰那时负责会内职务，不是全部，以后因李俊杰糟（糟蹋）款，张汉臣、沈广珍先后反对，与李俊杰闹意见，李佛爷无奈，另成立一个道门，此后沈广珍、张汉臣即直接与佛教会办事。

我来京时是听理事沈广珍与理事李俊杰讲道，因为李俊杰劝的袁鸿斌，袁劝的沈广珍，沈劝的沈广田，沈广田劝的郝广安，郝劝的我和我叔父，所以我来京听沈和李给讲道。

内容主要的是：现在是三期末劫年，九九八十一劫临凡，人人都遭劫难，佛教会专讲躲劫避难，有刀兵劫、水火劫、瘟疫劫、饿劫，到时有法术可以躲过去。现在是弥勒佛掌教换天地人三盘，普济禅师就是弥勒佛转世，普济禅师设立佛教会来收元，表面劝人为善，花钱如割肉，考的是人心，你花了钱就是真心，佛并不要钱，入了佛教会以后，给你交了天堂挂号、地府抽丁、阎王爷不管的表，阎王爷不找你，可以升天堂，刮四十九天黑风劫，入云城躲劫避难，入了佛教会给一张收据，凭票入云城，不入（佛教会）不能进（云城）去，也就是说不入会就躲不了劫，躲瘟疫劫、饿劫有符咒，躲枪炮有法术，说日本子现在进了中国，日本子长不了，国民党也长不了，共产党全长不了，世界上还得大乱，美国、英国、苏联全完，那时说中国一二年出后清，然后出后明，以后出佛国万国来朝，真君主姓李，就是普济禅师又转世了，入会的是国家俸俍，劝人的成佛作祖，说杨会长是佛爷，掌封佛榜点将封佛，（凡）是劝人领布施的都封佛，还能成星宿等等。以上是主要的，记不清的还很多。入佛教会布施的全是一家子一起入会，劝道时说，入了会以后，交了天堂挂号、阎王爷不管的表以后，上辈子一家还转世为一家子，躲劫避难入云城时认票不认人，一家子有一口人不入，就不能入云城，所以入会的全是一家子，入会的人名留下底以备交表。

入会会友为一元，会员为七元，另加一毛五，这一毛是普卷钱（普卷就是将入会人名留底，完全写在黄表纸上，再写上佛名烧香交天，这就叫天堂挂号、地府抽丁的表，也叫地府表），五分是给普济禅师点灯灯油钱，普济禅师在五台山供着呢。

另外还有花二十元叫场是（？），来劫时三十六宗佛宝，来了劫数就给，谁花了钱给交赐，就是送表交天。

花四十元叫场戒，就是又加上戒衣一身，见佛穿的。

再多花三十元叫场戒上三乘，成了佛有九品莲花座。

还有八元的叫未来经，是保命的。

还有五元的是经被，死人盖的，除被以外，还有三份经，死人拿着两份烧一份。

还有一千元的叫大号，一万元叫庄（？）子，死后成大佛，在五台山给修汉白玉石碑等等。

还讲安盘造卷，按成佛位造成星宿，劫难过去后，日月出南入北，天下太平，蒙古入拜躲劫，信仰普济杨会长，说杨家有法术。

非有德的不能躲过劫去，佛教会讲躲劫避难，到时有躲劫避难的法术。

佛教会信普济禅师和杨会长，佛教会说劫运、国道、天时、过去、未来、现在，不修就成佛。

佛教会分九杆十八支都是大头子，都在杨会长以上。

佛教会供普济禅师、杨会长和杨会长的老师陆永昭相片，烧香念香赞。

我干了什么？

1. 我在1937年和1938年前半年共一年多的时间里，我办佛教会是募布施的（募布施也叫"劝人"还叫"度人"），我与我叔父劝的（包括我的亲戚不同意入会，但我叔父给人家将款垫上，替人家入上的在内）共直接募化不到三本，400 余元，佛教会布施每本 100 名，都是全家入会。

2. 我介绍的人有鲁乐芹、高斌、刘瑞庆、么秉汉、李万有、李万富，他们也全领了布施劝人，他们这几个人劝的人之中又有领布施劝人的（佛教会发展方式全是这种方法）全算在我的名下，所以我间接募赈的簿子很多。我曾到他们所募簿子的一部分地方，根据我从沈广珍、李俊杰他们那里听到的去宣传佛教会的好处，入会、领布施、花钱、办场戒三乘等的好处。

我有与原介绍人同去的时候，也有与沈广珍同去的时候，去的地点是：丰润县李家庄、北塔、太唐河、老庄子、遵化、宫里等处，还到过遵化西庄、八间房、玉田县鸭鸿桥、东轩湖甸，丰润县大刘庄、古良坨庄去宣讲。

3. 有时候鲁乐芹、高斌、刘瑞庆、么秉汉、李万有、李万富他们以及他们会下所募的布施本及款子交给我，由我送到北京交与沈广珍，沈交李俊杰，李再交会（以后沈李闹意见，李另成立一个会门，沈即直接交会，这是后话了），还领簿子回去，也有一部分是他们自己来北京交与沈的。

六个人交的地点名字写清楚，说明六个人的地点。

在一年多的时间里，我间接募布施（不是本人自己募的）所代交的布施本共一百一十三本，伪储币一万四五千元（其中他们直接交给沈广珍的也在内，分不清有多少，也包括我们家自己的场戒钱五百元左右），叫做代交，收据上也写代交，以上我所说代交的数量上下所差很少。

以上是我1937年及1938年前半年所作的宣传佛教会的具体事实经过，我认识到这是我的罪恶。

1938年的后半年，我根本停止了募化活动去做买卖了，李守先、陈秀峰等人继续发展募布施，他们直接交沈，他们又募多少我不太清楚。

在一年多的时间里，我来京代交簿子、募款、听讲、领簿子约十多次。

沈广珍那时常去我家讲道，他去的时候，我和我叔父并找来很多会员来我家听讲，沈也去过太唐河、北塔、李庄子等处。

按佛教会会章，入会之后，每年应花一回钱，如不再花钱认为退会，但一般都只花一回钱，未有再募二回的，我也是如此。

凡佛教会领布施募化的，直接募二本为"募赈员"，如能有代交五六本的为"干事"，如代交在十本以上以至无论再有多少都是"理事"，因此佛教会理事、干事、募赈员极多。

我是募赈员也是理事，并花过十元钱买过"名誉理事"，未负担过会内职务，只干过募赈活动。

我全家每人花七十元买的场戒上三乘。

佛教会理事一职一般的不负会内职务只是募布施。

我去佛教会时也未出过募赈员委任和理事委任，只出过干事委任，我也得了一张，以后到会时管募布施的互相均称理事（高抬人的意思）。

有个赵文龙是丰润县骨各庄狼羔庄人，沈广珍劝的赵文龙入会，沈当时因未带着佛教会的布施本，就将赵文龙领到我家入在我的布施上。赵文龙自入会之后就领簿子募款，赵所募布施、交布施、交款一直是直接交与沈广珍，也交李俊杰，与沈李二人办理，我未经过手，也未参加宣传，赵有大仙附体，我在小茶叶胡同住时，赵曾找我借过钱，我未借给他，被我的朋友吕世奇诓走了，以后又来一次，也未借了钱去。

我买过经被，染红做被子了。

我初一、十五交平安表，供佛。

我十七岁初办佛教会时，款交沈广珍，沈交李俊杰，李再交佛教会，李俊杰为了增加募款收入，曾勾结日本人给募款的人证明书，那时我在原籍，由赵文龙给我捎去一个证明书，证明书名字写的是公秉辉，我的姓差了一笔，应该是"么"，证明书几个月到期就收回去了。

经李俊杰手勾结日本西本愿寺与佛教会联合出过一次布施本，我募了不到一本，都是已经花过钱的会员，二次花的钱每人一元钱。

初来北京一二次时，看到佛教会设立粥厂、贫民医院、育幼院以及还有放赈的影片，认为是善事，来的次数一多，看到杨会长家里设备豪华，自用汽车每人一辆，会长老婆抽大烟、戴红宝石戒指、衣装华丽，保姆好几个其阔无比，详细打听无有其他收入，只靠佛教会活着，大理事李俊杰有小老婆自用包车，也是靠办佛教会生存享受，因此我回想到我募款是为了劝人做善躲劫避难，募款时先烧上香发下洪誓大愿，说我如果指佛骗财，天打五雷轰，身化脓血，永远不能翻身，我自己虽不糟佛款，但会长家里以及大理事家里（不止李俊杰，还有一个姓姜的，我不知道他的住址）全以此为生，心中就有些顾虑……

但沈常说真法不在寺院传，佛是佛、魔是魔、修的修、糟的糟，不要看表面，谁缺德谁报应……正在这个思想怀疑以后，有一位山东理事张汉臣因为看李俊杰糟佛款与李有意见，张汉臣对宝邸县募款的理事孙士旬、孙瀛等（内中也有我）好几个人说：你们看看李理事（指李俊杰）随便糟佛款，家里小老婆好像水管还自称佛爷，你们理事沈广珍是个浑蛋（沈与张汉臣同是李俊杰劝的师兄弟），收到会款再交给他？如果全糟了，对得起人家花钱的善男信女吗？你们几个人如收到会款，应当长（拿定）主意，不能再交沈广珍，以免对不起善男信女。我听了之后，即将那次所带的会款未交沈广珍，存在新街口祥顺成布庄，回家以后，我找到交给我款的募款人以及募布施的人陈秀峰、李守先、李万有、李万富、鲁乐芹、刘瑞庆、么秉汉等，我公开的说明了以上的情况，张汉臣理事建议先不要再交佛款了看看再说，因此我款未交，我认为如会体不好可以退回花钱的人，以免对不起人家，征求大家的意见，当时研究将那次会款原数退给陈秀峰经手三千三百元、李守先将近一千元？其他记不清了……退款以后，沈广珍知道了对我很不满意，恨我不交给他，说我打击会体，并当着很多理事对我埋怨，以后沈向陈（秀峰）李（守先）将款硬要出去了（这是一个意见）。

另外还有京东其他地方交款送布施来北京的，有的由佛教会支路费，我会下劝的同我一起交款来北京的人以及直接交款的陈秀峰等人听说旁处可以支路费，也要求我交涉路费，我认为办佛事、办善事应当花自己的钱，自己如无有可以不办，不应花佛款，花了遭罪反倒不好，我不同意，但他们直接向沈广珍要求，沈为了扩大会体说：只要你能募款，出路费无有关系。所以陈、李等人对我不满意，沈广珍反责备我脑筋太死耽误会事，又加上我退给陈、李等款，沈对我更不满意，我一看上下都对我不满意，而且我也不满意他们的做法，由此我决心自己信佛只管信，一定不再募款劝人花钱，以免对不起人，所以由1938年下半年起就毅然决然地不再搞劝人募布施的活动了。

李文岐也是佛教会会员，也募过布施，他于1940年前后在佛教会住过好几年，并在杨会长家里也住过，与会长杨纪才很密切，李文岐解放后在北京市前门区公安局工作，他是遵化人，大约是陈秀峰介绍参加佛教会，对于我所说各种情况，他可能了解的。

我不干募布施之后，即于十九岁起做生意，并未再宣传佛教会。

我十九岁至二十三岁在天津河东德巨栈内及庆昌和内与张振声、吕世奇合伙做公成厚油粮棉布店，并在唐山三成立油粮代理店跑外，证明人：吕世奇、张振声（是革命干部）、李赓尧。

二十四、二十五岁在唐山陈谢庄三善里做复兴号布庄，我为经理，证明人：霍宏坤。

二十六岁我在唐山山东村10号住，跑行商经理大豆，去秦皇岛及东北做卤水，证明人：李赓尧。

二十七岁至二十九岁在天津河东光明道10号义隆货栈内住，做棉布证券生意，证明人：孟树凡、许介平。

并在京成立信义染织工厂，证明人：李受衡、吕世奇。

解放后一方面在信义工厂跑外，1950年参加德成证券行（外二分局据点）股本并做证券（51年歇业），52年信义工厂歇业，53年做行商到现在，证明人：齐昧如、肖秀东。

革命干部张振声我们常接触，曾劝过我不要再干佛教会，他在干地下工作时并劝我参加革命，但我认识不够胆小未干革命，但在 1945 年日伪时代，革命干部刘佚夫在北京成立革命据点同鑫公司时，我曾参加过股本（张振声经手）。

我不干佛教会募布施以后，沈广珍还去我家找我叔父和我，由于我仍信仰神佛，所以不是脱离的很干净，我将经过写在下面：

我虽不再募布施及宣传，但信佛之心仍然存在，因佛教会讲躲劫避难，说是知道天时，叔父比我信心更坚，在这种情况下，还恨我不办（佛教会）。

自我不干之后，每年做买卖到京之时，我有时候到佛教会去看看，目的是打听打听有无法术下来？天时怎么样？每年有时来一次或两次，但并未向任何人再募布施再宣传，以上是 1938 年后（的情况）。

1947 年我家全部搬到北京来，住小沙果胡同 1 号，沈（广珍）知我做买卖认识我的朋友，对我叔父说让我再干，别看我多年不干，还给我理事名义，为的是鼓励我再干，见到我的时候也让我再干，我叔父也让我再干，但我已有决心，况一做生意更不愿劝谁，所以我认为信只管信绝不劝人，（佛教会）有好处（的时候）自己花点（花钱买法术）可以，因此先叔父对我不满意，我叔父对我的朋友吕世奇谈过佛教会的好处，并说对我不满意。

不干后又有一点经过，在1947、1948年吕世奇到津以后，我叔父对我的几个朋友说过我在教门，所以有几个朋友向我打听并要求给入上（加入佛教会）可以不可以，那时有十份左右参加，记得的有吕世奇、崔志鹏、愈然庵、李济等等，还有记不清的几份，是解放围城时入的（我那时不领布施本，大约是交了钱开下条子来）。

因为京津将要解放，佛教会说过：日本子将完，国民党也完，八路军（共产党）也完，还有劫数。眼看着国民党完了就是应了点（应验），因此我信佛心不退，因为这个原因我去参加了一件事：

沈广珍与京东的募布施理事多人，在朝内老君堂佛教会西边粥厂交天堂挂号、地府抽丁的表［交表就是将人名写在黄表纸上，也写上佛位，将表烧了交天，说是交表以后天堂有名（幽冥）地府抽去名字，阎王爷不管了，死后可以上天堂］，佛教会的人说：战事起来了如果不快交表，入会的就白入了，我去了。

1949年春，沈广珍说：茶食胡同姓戴的是普济禅师的亲传徒弟得过真传，有躲劫避难的法术底子，姓戴的死了，这个底子在戴老婆手里，沈广珍想花钱买法术的底子，叫柳春荣（住址：唐山陈谢庄后街大约是34号）认戴老婆的干妈，沈花钱结果也未买到真正的底子，我也去过。

在花钱以后，1949年春戴老婆曾叫他的徒弟姓刘的，记不清名字了（涿州人）来京，因为沈广珍家不在北京，沈就将姓刘的领到我家，传给沈广珍躲劫避难的法术（默念的真言），也传给我了，那时我住法宪胡同20号。记不太清有底子，也包在账一起沈广珍拿走了。

佛教会讲安盘造卷，就是将人名造成佛位并安排为星宿的大小写在卷上烧了就算交天，说死后就是佛，将来换天盘，人就成了星宿……多年以来也未实现。

解放初期李俊杰说他得了卷底子与徐贯一搞交卷，找沈去看，沈找我去看，我去看过：卷是绸子的，上面净是佛名，以后未造成（安盘造卷）。

在看卷时候，李俊杰说天时快了，八路军长不了，说是有个山上一部分和尚到天时起来就暴动，这个话我与天津愈然庵谈过一回，愈是中实银行职员，我们是朋友。

以上是1949、1950年我的三个行动。

大约在1950年冬或1951年初有以下的一段经过：

我与沈广珍看了卷底子之后，李俊杰听说我的住房有富裕，有一天他同徐贯一去我家，想在我家借住一间房，当时我未在家，我爱人一口拒绝了他们，他们二人立刻就走了很不满意，以后也未来，徐是抚顺人，那时他与李俊杰一起搞交卷活动，李说他们闹家务（家庭不和）想借房让徐住。

1938 年前后，沈广珍怕日本垮台以后，伪储币完蛋不能通用，他买了中交票，在我家寄存中交票四五千元，一直存到日寇投降后仍未恢复通用，他叫我烧了。

我在 1937、1938 年募布施时所经手代交布施及款项我有账和收据，我的账和收据以及一切的底子在解放初我想烧掉，沈叫我留着，他说我胆小他拿走了，1957 年他来时我问过他，他说存在别人家不知还有没有，说存主害怕，听说烧了。

第二份：更正补充募布施起始时期

1. 郝广安给我叔父送来五台山普济佛教会的布施本是在我十四五岁的时候送来的，那时未曾正式劝募，但陆陆续续的少数也有入会的，那时主要是我叔父劝募，但是也有我劝募，我十六岁与刘瑞庆一同来北京佛教会参观，我十七八岁时，即 1937、1938 年是我正式募布施的时期。

2. 补充我 1937、1938 年募布施宣传佛教会时还去过李万有介绍的河北丰润县韩城镇德记车子铺（负责人常德处）；河北丰润县韩城镇后城河村李连叔家；遵化县不知村名张玉永家（与遵化宫里村刘景海是亲戚，他是刘景海介绍的，还有王墨林也是遵化宫里村人，王也是刘景海介绍的）以上几个人也募布施，所募的布施和款也包括在我所交代的代交的数量之内。

3. 1954年与武士玺谈话时，互相还说过共产党长不了。

1955、1956年与孙仰民、陈锡光谈话时看过报纸后谈过国际局势，也补充说过民主国家不是个儿（不是对手），共产党长不了，与武士玺、孙仰民、陈锡光的谈话已做过交代，这里是补充。

4. 关于我经手的与沈广珍款项补充交代。

1939、1940年我在天津做买卖，因用资本，曾由沈广珍在我处寄存的中交票内卖出不到二千元，使用了不到半年的时间，又买回补上了，我未通知沈广珍，现在检查起来，虽是沈广珍寄存的，但是是人民的款，特向政府交代出来低头认罪。

5. 1937、1938年已如数交给沈广珍的款由沈的会计收款走账，但有以下一段内幕情况。

在1938年时，陈秀峰等人想要求由佛教会负担往返北京路费，我不同意，他们暗中向沈广珍要求，沈广珍为了扩大会体，认为只要多募钱无有关系就应允了，但是我不知道这个应允情况仍然阻拦，陈秀峰等人暗中对我不满意，在我将会款退与陈秀峰三千三百元，退与李守先不到一千元之后（退款原因已交代过）我停止了募赈，陈秀峰即在各处扬言，说我花了佛款才退给他们钱（他们的目的怕我再干），当时我不知道这个情况。至 1943 年时，我在天津做买卖赔累垮台，我那时听到我的亲戚李赓尧说我还欠佛教会的钱（李听张振声说，张认识李文岐）。我听到以后于1943 年春天到佛教会去找沈广珍算我经手的账目，算账时是在佛教会东院佛殿上，我那时迷信，烧上香，我有我的收款账，还有沈的会计给我开的我交与沈广珍的款的收款账，两下兑数将账算清了，算账的时候在场的人有沈广珍、遵化陈秀峰会下的刘景峰，还有宝邸县的理事孙瀛、孙士旬等七八人（我的账和沈广珍的账，我在解放初均交与沈广珍了，做过交代）。

6. 在 1947 年前后，佛教会的募布施收入几乎停顿，月月不能维持职工们的开支，费用穷困已极，那时听说由朱少阳主持让余九天道门的人加入佛教会担任了两个常务理事职务，因为余九天有钱，言明他们每月佛教会的开支可以担负大部分，因此那时四个常务理事一是沈广珍一是田凤岐，那两个就是余九天会门的人担负。以上情况是沈广珍对我说的，据沈说因为佛教会有总会地址及育幼院地址，余九天想参加佛教会利用这个地址，想把这个地址把（把持）过去，所以认可担负开支费用。沈广珍田凤岐原是佛教会人，沈知道更清楚。

7. 1949 年春，沈广珍想由前外茶食胡同姓戴的老婆处买法术底子的活动经过，我已做过交代，我又想起来姓戴的有一个徒弟叫马连义，姓戴的死时所花的钱可能是马连义垫的，当时沈广珍给戴老婆钱时，戴老婆让将一部分钱交给马连义，我那时住小沙果胡同 1 号，马连义找过我，叫我向沈要钱，记得经我手代沈广珍还交给过马连义钱，准确数目记不太清楚了，大约有五六十袁大头（银元）之谱（数目不太肯定）。

8. 1946 年，我在唐山市山东村 10 号住时，我曾当过伪甲长（每甲十户抓阄抓上的）至 1947 年 7 月份我迁来北京为止，那时居民报户口由甲长盖章，那时我因做买卖常不在家，我有两个朋友在我家常住，一是吕世奇一是孙继芳，关于甲长开会等事都是他俩出去代办的时候多（孙已死去、吕住河北玉田八区姚辛庄）。

9. 北京解放初 1949 年旧历正月初一，我有一个亲戚孙焕民，他说由唐山来，在我家住了四五天（小沙果胡同 1 号）不辞而别，在这几天中有孟宪功找过他一次，他说孟是共产党干部，听说孙做过国民党时的事，我与孙平常无接触，我看那意思好像是找孟托人情，1950 年我搬到绒线胡同以后，孙又去我家借过一次煤球炉子，以后还了，问他住址他未说，孙是河北丰润县新军屯大齐坨人。

10. 1943 年我在天津、唐山做买卖，赔累负债无力周转，我就在冬季来到北京想借些本钱去京东蓟县上苍、别山去做粮市，那时我托过李文岐给我借钱，李文岐那时正在西城杨会长家里常住，李文岐对我说：他可以给我由杨会长老婆手里给我借点钱，我那时饥不择食，目的为了借妥钱，我常去杨宅见杨阎玉如，还打过小牌（打牌），未作过佛教会的活动，结果钱未借妥，但李文岐给我借到杨阎玉如的钻石戒指一个，叫我去抵押借款，我也未押到款，以后又送回去了，以后我由旁处办妥钱去蓟县别山镇、上苍镇做买卖去了，李文岐解放后在前门区公安局工作。

11. 我与佛教会理事孙士旬有过一次钱财关系。孙士旬也是佛教会的理事，他是沈广珍介绍的，1943年我与沈广珍算账后，孙士旬知道我那时困难，他主动的说：有困难他可以替我分点忧帮点忙，我就提做买卖无本钱，他那时借给我四千元钱，用了约三个月如数归还了他，此款据我想可能是会款，孙倒未与我提是会款，因为那时他给沈广珍管理收支会款，我想他个人不准有钱，可能是会款，沈也知道这个事情，记得沈当时曾对我说：你们师兄弟能这样互相帮助这还不很好？我现在检查起来，我自己唯利是图借用了会款几个月，这是做了危害人民的罪恶，我坦白交代低头认罪。

12. 西单南义和玻璃店有在一贯道的。大约在1938年以后沈广珍讲道对我说过以下的话：他说他有一次去西单南义和玻璃店串门，与一个在一贯道的抬起杠来了，沈说佛教会好，那人说一贯道好，结果沈把那个人骂了一顿说是：谁惯的你们？我记得沈说义和南边一个车子铺的掌柜可能在一贯道，常去义和串门，可能抬杠就是此人，沈说义和玻璃店也有在一贯道的可能姓侯，因为我记不清楚，不敢肯定一定是谁，根据沈说的情况，义和玻璃店内肯定有在一贯道的，同时沈还一定能记得，我交代出来作一点线索。

新街口祥顺成、玉丰成，西单南义和玻璃店与杨会长家里和沈广珍都有来往，1937、1938 年沈会下人来时（包括我在内），沈介绍在这几处都住过，沈与这几家的来往就是存些钱打打铺保事项，以后沈会下人等（内中也包括我）也在祥顺成存过钱。

13. 我所交代我 1947 年迁来北京以后，沈广珍给我一个理事名义，在那时还是朱（少阳）是理事长，沈是常务理事，经沈登记京东的理事十余名，我是其中的一名，另外我知道的有孙瀛、孙士旬等人，登记时未通知人家知道，是沈主办的。

14. 崇外姓戴的在道门是普济的徒弟，马（连义）就在这个道门是戴的徒弟，1949 年沈（广珍）给戴老婆钱时经我代沈（广珍）交，经过马连义，马（连义）替戴也要过钱，1949 年开饭馆早已歇业，记不清字号了。

15. 我与佛教会的人有来往的还有柳春荣，我们有亲戚关系，他是我表叔，柳在鸭鸿桥开鸿兴永，1937、1938 年我在那里宣传过佛教会，他也募过布施（已交代过）在我停止募赈之后，在 1939、1940 年，我与他在天津一同做过买卖，1944年复兴号他投过资本我经理，复兴号鸿兴永也有钱财穿换（互相借贷）。

16. 解放前夕我给我岳母买过场戒（花二十元钱）。

17. 解放前夕我参加沈广珍交表活动时，同时也办理场戒交赐活动，就是花二十元、四十元、七十元的交天（向上天交表）手续。

18. 1949年我与李济的父亲李受衡宣传过佛教会的好处，李受衡在那时与李济一起入的会。

19. 佛教会讲安盘造卷（我前此交代过）再补充一下。佛教会讲五盘四柜、九杆十八支，五盘是东西南北中，四柜是东西南北，五盘的头领我未听说过，四柜我听见过，我们属于东柜，东柜柜主姓陈，沈广珍知道的详细，佛教会的常务理事田凤岐属于西柜，南柜、北柜柜主不知是谁，九杆我未听说过，十八支就是佛教会分十八个支派，支以下是领，领以下又是盘，那时说：等天时到了，佛教会就不收人了，再想入就赶不上了，人都齐了就按人的功果安盘造卷（已交代过）。

第三份："补充交代"和"检举揭发"

1. 在1937、1938年时募佛教会布施劝人去宣传的地点，我又想起来那时我还去过大齐坨王建德家（内容与讲道内容相同），王建德也募布施，是北塔郑长荣介绍的，我所交代的，我"代交"的布施本和款的数目内中，就也包括姓王的在内。

2. 我所交代的沈广珍说他来北京时常去东单新开路北极阁一个成衣铺去，这个成衣铺是白永泰的老婆干的（白永泰死了，我不知道他老婆的名字）1953年我去过一回，他住在北极阁路东，我前两天又去认认他的门口，大约是7号，沈还说住过他那里。

3. 杨泽田是河北丰润县新军屯镇杨庄人，在1937、1938年时听沈广珍说过杨也募佛教会布施本子，杨泽田的母亲那时也来过北京佛教会参观。

4. 王士军是河北省丰润县三神庄人，在1937、1938年听沈广珍说王士军也募五台山普济佛教会的布施本子。

5. 王殿军是河北省宁和县东丰台东边蛇麻港人，在1937、1938年前后，王殿军也募五台山普济佛教会的布施本子。

…………

这三份长文好像是父亲的自传体小说，父亲在十八九岁时一年多的时间里，在佛教会的所作所为，以及在这之后与佛教会的一些联系之中的人和事，都已经交代得纤毫毕见，这三份交代材料又似乎是父亲在"肃反运动"之后的一个总结——这个只是有直接募化布施400余元业绩的一个最下层的信众和传播者的"罪行"交代……

与1955年第一次交代问题相比，父亲的"认识"从"我那时一方面是受叔父之命，二来自己受了那种家庭教育，自己的迷信也很深"上升到"我认识到这是我的罪恶"，显然有所"提高"。

当时的政治运动讲究"坦白从宽，抗拒从严"，派出所每次"交代政策"都说：多大的事情只要自己交代就算是"坦白"，就可以得到宽大处理，多小的事情要是不交代被别人揭发了，就是"抗拒"就要"从严"，小事也就变成大事了。

我从父亲1958年交代问题的底稿中看到一张夹在一叠纸张中间的小字条，上面写着："政府交代政策：不要净想思想，还应该从历史上找都是哪些罪行，罪行多大，说了就小，小的不说也就大了，关于你所知道的情况还应详细写来，第一问题交代清，第二遵守政府一切法令，第三劳动表现。"——这应当是父亲记录下来的，当时管片民警的口头指示。

当时讲究"背靠背"的揭发，有关部门也会根据揭发的线索前往"外调"，谁也不知道自己什么时候什么事情被谁"揭发"了，被"外调"回来了，所以大多数有问题的人都是争先恐后、绞尽脑汁、披肝沥胆地交代问题。

当时的政策明令"不许私自订立攻守同盟""坦白从宽，抗拒从严""立功赎罪，立大功受奖"，交代问题的同时也必须揭发同案人的罪行。交代问题和揭发别人都是"政治表现"的一部分，"政治表现不好"就是"不老实"，

"不老实"就要"从严处理"……对这些在大会小会上被代表"政府"的公安、民警反复提起、说起来也是很上口的政策条文，几乎是每个人都已经烂熟于心，也都可以倒背如流。

几乎是在所有的运动中，都会有"从宽处理"和"从严处理"的案例被展示，表示着政策的兑现，这种展示让父亲不能不相信"坦白从宽是唯一的出路"，他害怕被别人"背靠背"地揭发了，自己就变成了"不老实"，然而父亲不习惯于揭发别人，他觉得这样"不好"，可是他也害怕别人在"坦白"或者"揭发"的时候供出自己，自己就变成了"不老实"和"抗拒"，父亲只想做个"老实人"，争取得到"坦白从宽"的结果。

父亲说：当时的"历史问题"由轻到重分为五等，最轻的"不算问题"，其次是"一般历史问题"，第三等是"敌我矛盾按人民内部矛盾处理，不予起诉"……一等比一等严重。1957（或者是 1958？）年派出所管片民警说父亲交代得好，把他的问题定性为"一般历史问题"，在这四年之中，父亲反反复复交代的就是这个"一般历史问题"。

那天父亲从派出所回家之后，与母亲一起松了一口气：他们觉得自己不会被"押解回乡"去做"逃亡地主"了……

父亲和母亲害怕被"押解回乡"，更害怕回到刘各庄去做"逃亡地主"，是因为几年前大姑写信告诉父亲：虽然双盛永在 1937 年就已经歇业、虽然父亲在 1945 年就彻底搬离了刘各庄、虽然父亲离开刘各庄的时候么家只剩下六亩地，可是，父亲的"成分"仍然被定为"逃亡地主"。按照当时的政策，"逃亡地主"的"债权"可以一笔勾销，财产也可以"充公"，也就是说，如果双盛永的主人成为"逃亡地主"，那么赊欠双盛永的旧账就可以一笔勾销，而当时村子里掌权的贫下中农正是双盛永的欠债人……孀居在娘家、继承了么家祖产的大姑成了父亲的替罪羊，她目睹了祖父和叔祖父用了一辈子的辛勤和俭省，像燕子垒窝一样垒起的两处宅院、剩余的六亩地和所有的家什农具被变成了"胜利果实"……

在兵马司胡同52号的院子里，街坊对于父亲"么先生"的称呼慢慢地消失了——是因为这样的称呼在"革命时代"已经不再代表客气和尊重？还是因为片警在我家出入，即使是"一般历史问题"让街坊们也有所风闻和领悟呢？不知道！

父亲的这个经历了无数次"坦白交代"的"一般历史问题"，后来也进入我们兄妹的"人事档案"，成为我们兄妹的"家庭问题"，大家在不同的"政治运动"中、在入团的时候，都做过"划清界线"的检查和认识。

1950年代，已经成年的兄长和已过而立之年的父亲，正在"革命"和"被革命"的年龄段，而他们的个性决定了他们不可能或者永远学不会怎样进入"整人的"或者帮助"整人"的行列，他们只会尽量地逃避，逃避不开就只好"老老实实地交代、老老实实地表现",尽量争取被"宽大处理",不要充当被整的重点——"坦白从宽"和"重在表现"的"政策"对于我的父亲和兄长来说,已经进入内心、化入骨髓,成为行动的指南。

五　兵马司胡同 52 号的后十一年

（1959—1969 年）

我们家住在兵马司胡同的后十一年（1959—1969）是新中国的六十年代，是父亲的四十岁至五十岁，母亲的四十三岁至五十三岁。

新中国成立十周年大庆、三年困难、"文化大革命"以及知识青年、城镇居民的"上山下乡运动"都是在这一时期。

1959—1962年父亲在生产队做装卸工，1962—1966年父亲从生产队回家之后做临时工，1966年父亲彻底失业，1968年父亲和母亲上山下乡……无论是在政治上还是经济上，父亲和母亲的处境都直线下滑。

父亲在"生产队"做了装卸工

1958年12月5日，父亲接到派出所下达的"公安十三处"的通知，通知父亲参加公安局组织的"生产队"，到小南庄第三汽车厂当装卸工，"通过劳动改造思想"，支持首都十大建筑在十年大庆之前按期完成……那一年父亲虚岁四十岁。

这一次被"公安十三处"征集的五千多人，都是像父亲这样有不同级别"历史问题"的、"自愿"参加劳动、改造思想的人，这些人的任务是：保证"十大建筑"在1959年10月1日庆祝新中国成立十周年的大喜日子到来之前按时完工。他们分管着烧砖、筛石子、运输装卸……都是重体力劳动。

"生产队"是一个新成立的临时性的单位，"公安十三处"是代表国家、代表专政的"改造者"，而征集来的这五千人都是"被改造者"，生产队的安排，除了劳动就是改造思想，后者的方式包括：听报告、写体会、交代问题、谈认识、写思想汇报……

在入队之后不久的1959年2月22日，父亲有"向生产队领导汇报思想"（这应该是公安的要求）留底十页，内容仍然是他的那个"一般历史问题"。在这一年的11月份，生产队开展运动整顿思想，11月7日父亲有听完"苗处长"报告的"认识"底稿一页，上面写着：

　　我昨天听了苗处长的报告，我领会政府组织我们来生产队通过劳动改造思想，是政府对我们的关怀、培养和挽救，因为只有通过劳动和思想的改造，才能成为完好的人，赶上社会的发展，把我们过去的污垢洗刷干净，按我来说过去是有问题的人，如果不经过这次改造，自己的肮脏东西是洗刷不净永远赶不上社会的，政府为了挽救我们给我们机会，我们就应当争取改造成为好人，但在我们劳动当中还有流氓、盗窃、乱搞男女关系、不守制度和纪律，这就说明自己对自己的错误或罪恶无有认识，来这儿是干什么来了？我听了苗处长报告，我的思想是：在这次运动中，我个人一定做到向坏人坏事作斗争，尽量检举，自己也详细检查自己的问题，如有未交代清楚的问题一定向领导交代清楚。

从父亲这短短一页的"认识"上可以得知，这次运动的主要内容是整顿纪律，鼓励大家向坏人坏事做斗争，捎带着提醒这些人不要忘记了自己的身份和身上的污点，也是旧账新账一齐算的意思，父亲留存至今的那个月的书面交代材料留底有：

1959 年 11 月 7 日，听完报告的认识（一页）

1959 年 11 月 9 日，决心书（一页）

1959 年 11 月 10 日，发言留底（二页）

1959 年 11 月 11 日，开展运动的动员报告记录（七页）

1959 年 11 月 12 日，补充交代过去的罪恶问题和现在的思想问题（提纲二页）

1959 年 11 月 13 日，重新交代过去的经历和佛教会的历史问题（十页）

1959 年 11 月 19 日，重新交代历史问题底稿（十二页）

1959 年 11 月 20 日，交代历史问题有关佛教会讲道内容（六页）

1959 年 11 月 20 日，补充交代（二页）

1959 年 11 月 21 日，补充交代（三页）

1959 年 11 月 23 日，补充交代（四页）

1959 年（？），补充交代自己在 1958 年曾经与广州行商吴开说过"想去香港做买卖、香港限制少"之类的话。

…………

这些书面交代材料显示了运动的整个过程是：听报告、写认识、表示决心、讨论发言，再一次听报告、补充交代、重新交代过去的历史问题，补充交代、补充交代、补充交代、补充交代……

父亲在"开展运动的动员报告记录"七页中记录着报告人说的话："有人说我没有问题，说没有问题的人就是不老实！（问题）无大有小！无历史有现在！无别的问题有思想问题！根本不存在'无问题的人'，说'无问题'的人就是对抗运动！先写还未交代的问题，还有过去交代的问题的时间地点！"父亲当时表态的发言留底上面写着："对于自己的问题一定老老实实一点一滴都不漏地交代出来，并且揭发检举别人的问题"……然后就是父亲"重新交代历史问题底稿（十二页）"和一次又一次的"补充交代"……

重新翻看着这些出自父亲之手的文字，即使这些事已经经过了整整半个世纪，经过了物是人非和物在人亡，从文字上我仍然能够感觉到报告人声色俱厉的表情和无可置疑的语气，我也能体味出父亲当时的惊骇惶恐、无助和无奈。

事实上父亲他们这些人，都刚刚经历了三年多的"肃反运动"，都经过了无数次搜肠刮肚的检查和交代，而且所有的人都随身跟随着"人事档案"，"公安十三处"对于每一个人的问题和表现应该都已经了如指掌，可是为什么又要重新来过呢？是新单位新领导需要建立新的威信？还是对于这些人就是要实行高压政策，让他们时时刻刻都不要忘记了自己的身份呢？

"公安十三处"采取半军事化管理：五千人分成十个大队，每个大队分为三个中队，每个中队又分成三个小队，小队下面分成班，每班十几个人。大队长和中队长是"公安"，小队长和班长从"表现好"的人中指派，吃住都在集体宿舍，一个月集中休息四天轮流回家……四十个"公安"能把五千个有形形色色历史问题的人管理得井井有条、服服帖帖。

装卸工是苦活，除了运钢锭时需要肩扛装卸之外，其他活多半是用铁锹，除了一双手套之外没有什么劳动保护用品，运洋灰一脸洋灰、装石灰一脸石灰、卸煤一脸煤灰，相比之下运石子和沙子就是最干净的活计了……

父亲从小不会劳动，在很长的时间里都过不了劳动关：铁锹不会使，钢锭扛不起，箩筐抬不动，抬一天筐肩膀肿得抬不起胳臂，干完一天活以后两条腿疼得走不动路，四十岁虽然是正当年，却自认了三等劳动力，进了"老头班"……

父亲虽然不是壮劳力，却有认真做事和吃苦耐劳的品性，一年之后他被任命为"班长"，管理着全班十几个人和三四个汽车的分派和调度，每天书面上报全班完成任务的情况……当上班长就可以坐在驾驶楼里司机旁边，比别人少受许多风霜之苦……

父亲每个月"休息"回家之前，都会仔细地洗澡理发——父亲好面子，可是，街坊们还是看得出膝盖上多出了两块一尺多长的大补丁、改换了衣装的父亲已经今非昔比……他们不再和父亲打招呼，迎面碰到的时候就扭过脸装作没看见……而事实上，父亲和母亲对于这些很快就无暇顾及了，他们有太多更为紧迫的事情需要筹划。

那时候父亲的工资有八十多块，粮食定量每月四十五斤，要不是赶上了三年困难时期，这是个可以维持全家七口人开支（每个人当时的最低生活费是十二元）的工作，可是在那个吃不饱的年代里，除了工资以外，父亲和母亲需要不断地筹钱去黑市买两块钱一斤的粮票，让全家不挨饿。

从1953年以来，我就看惯了父亲和母亲卖东西，卖家具时商量先卖哪一件；卖首饰时父亲安慰母亲，说是以后一定买回来；卖衣料，为了妹妹发烧看急诊；卖衣服，为了给哥哥的女儿订牛奶。我常常看见母亲把六尺长、三尺宽、三尺高的大炕箱的盖子用三尺长的大擀面杖支起来，埋头在里面翻找……后来就是卖了大炕箱、叔祖母睡的架子床、母亲的大立柜……

那时候家里除了父亲和母亲以前的衣料和旧衣服之外，已经没有什么值钱的东西了，可是我们姐妹四个还都在上学——要吃、要穿、要交学费、要交书费……于是，母亲开始终日修改旧衣服：把旧旗袍修改成短裤；把衣服里子染成黑色，做成棉袄；把穿不出去的衣服面子（绸缎之类）用糨糊裱成袼褙，纳成鞋底……父亲每个月一次从生产队回家集中休息的时候，母亲已经做好了一大包。

父亲回家当天晚上的深夜，就用自行车驮着母亲做的那一大包衣服上路了，去京东蓟县、玉田县，在从前做股票的老搭档吕世奇家落脚，把衣服悄悄地卖给农民，买回高价粮食、豆子和全国粮票——粮食和豆子补贴父亲和全家的伙食，哥哥在重庆长期浮肿，全国粮票是给他买的……第三天的深夜，父亲从玉田、蓟县出发骑一夜车，第四天凌晨到家，往返三百多里地，第四天的白天父亲睡一天，傍晚回生产队报到……

记忆中最清楚的是：父亲在深夜出发的时候，母亲总是让我蹑手蹑脚地查看前院各家，特别是那个街道积极分子、出身好的纪婆子家是不是关灯了。看好全院都睡了，父亲就在前面推着自行车车把，自行车后车座上面煞着小山一样的包袱，我和母亲在后轱辘的左右一边一个提起后车架，三个人一路小心翼翼把自行车推出后院，被父亲在三大轴仔细地膏了油的进口德国自行车经过前院的时候没有一点声音，出了门父亲骑上车就滑进黑暗里……母亲在昏暗的路灯灯光下，一直等到父亲和自行车踪影皆无，才和我一起关门回家……

三天以后到了父亲回家的日子，母亲总是在凌晨三点就让我打开大门，我和母亲站在大门口，母亲望着通往蓟县方向的一串昏暗的路灯灯光长久地等待，一直到父亲的自行车出现，我和母亲仍然是一边一个提着后车架，后车架上经常会有白薯、土豆之类好吃的东西……在前院街坊的睡梦中把父亲安全地接回家里……三个人都是一声不吭。

父亲在生产队是一种被半管制的身份，利用休息日到那些比北京更贫乏的农村出卖母亲改制的旧衣物，在当时是一种不被允许的出格行为，一旦被发现，后果将会不堪设想，所以才会总是提心吊胆，怕被同院出身好的积极分子看到，被检举揭发……

1962年的下半年，父亲从生产队回家，三年半的装卸工作让父亲在体质上有了很大的收益：吃得香、睡得着，以前的胃痛和失眠都已经不翼而飞，拿起铁锨来就像是使枪弄棒，这使他后来对于体力劳动无所畏惧，而且他健康地活到八十五岁——什么事情都是祸福相依的啊！

父亲和母亲常常说的"人哪，没有吃不了的苦，只有享不了的福"的确是至理名言。

三年半以来，父亲在生产队受到"公安"的肯定，还荣升为"班长"，带领着十几个人劳动和完成任务，他慢慢地过了"劳动关"，慢慢地习惯了"半管制"式的生活，思想上也接受了生产队一再强调的"通过劳动改造思想"是"自愿"的，在性质上和"劳动改造"（也叫"劳改"）不同的说法。在母亲不惜工本的照料下，他度过了三年困难时期，身体情况也不错，所以当父亲得到允许"退队"

回家的时候，父亲和母亲从心里高兴——毕竟是"自由"了，可以天天回家了。

"困难时期"的父亲和母亲

1960—1962年是后来被称作"困难时期"的三年，那也正是我们家处境的困难时期：那时候我正在读高中，妹妹们都在读小学，兄长在重庆郭家沱的兵工厂里因为吃不饱，长期"三度浮肿"，父亲和母亲短不了给儿子寄全国粮票，却不让儿子再给家里寄钱，让他也能够去"黑市"买一点吃的东西……

记忆最深的就是那时候总是觉得"吃不饱"，挖野菜、剥树皮、打榆钱、双蒸法、小球藻我们家都干过，那"双蒸法"传说可以蒸出两倍的米饭：不淘米，先泡一夜，然后再蒸饭。母亲如法炮制了一次，饭的体积倒是增大了不少，可是吃起来感觉泡泡的还不如喝粥禁饿。

时至今日，在看到北大的食堂里丢弃了许多馒头、包子和饭菜的时候，我还是会由衷地觉得心疼，然后就想起困难时期经历过的一切……妹妹说我是"困难时期后遗症"。

怎么也忘不了那时候母亲和我（哥哥不在家，我已经是家里的老大）天天计算粮食：我家有一杆秤，买回粮食以后首先过秤，看看粮店有没有欠缺，然后的每顿饭都要拿秤称粮食，怕的是一个月的定量吃不到月底。

母亲首先对我说的是："你爸干的是重体力劳动，全家的生活都是要靠你爸，不能让你爸吃不饱。"我点点头，母亲决定：首先从全家每个月的粮食中提出五斤面粉，给父亲做"炒面"当早饭，然后把剩下的粮食总数除以三十或者三十一，得出我们五个人（我们姐妹四个和母亲）每天的口粮数字。在父亲每个月四天的"集中休假"之前，买足一个月的"油酥烧饼"让父亲带走，保证父亲每天早晨都可以吃到一小包炒面和一个油酥烧饼，让父亲能够吃饱肚子去干活……

当时，在兵马司胡同西口对面，过了政协礼堂门口向左一拐，有一个高台阶的早点铺，那里卖的油酥烧饼不仅油多不容易坏，而且好吃。一毛钱一个的油酥烧饼在当时算得上是"高价"，普通的烧饼才三分钱一个，每个人每次限买两个。因为这个早点铺的油酥烧饼不要粮票，所以每天早上一大早门口就排起长队……到了父亲休息之前的日子，母亲就让我们全体出发排队去买油酥烧饼，我们姐妹四个人每次可以买到八个，三四天就可以凑足二十六或者二十七个……有两次，为了表扬我们排队的辛苦，母亲把一个烧饼切成四块，每个人分得一小块：那油酥烧饼油大，吃起来微甜、挺香的……父亲临走的前一天，母亲开始炒面，五斤面炒得全院都弥漫着诱人的香味，炒面晾凉了，包成二十六或二十七包，装进父亲的行囊，正好够父亲吃一个月……

母亲然后对我说的是："你哥三度浮肿，咱们得给他攒点全国粮票。"我点点头，于是我们决定在每天淘米或者和面之前，从我们五个人的口粮里，抓出一把米或者一把面，单放在两个小口袋里……到了月底，父亲和母亲就把小口袋里的米和面称一称，转换成全国粮票，隔两个月就用"挂号信"给哥哥寄到重庆……

在"困难时期"，街坊邻里经常流传着一家人因为粮食而吵架斗殴的故事，母亲总是说："咱们家不打架，克服克服就过去了，等到粮食不限数了，妈整天给你们做饭吃……熬着吧，准有这一天。"我们也总是静静地听着母亲说了很多次的同样的话，相信母亲说的话一定会实现……

吃饭的时候，都是由母亲来盛饭，姐妹四人加上母亲一个比一个少一点，我的最多，母亲第二。吃烙饼的时候，放在案板上的五个饼从大到小排成一排，大家都静静地等着，没有争执也没有异议……母亲的心没有白费，经过了三年漫长的"困难时期"，父亲在生产队始终不曾浮肿。我听到过父亲对母亲说："我的身体能够这样，真得谢谢你。"也听到母亲给我们读哥哥来信中，对于母亲和妹妹们口撙肚攒给他寄去粮票的感谢……

事实上，我们家里只有母亲一个人曾经三度浮肿……

那时候，家家都有"购粮本""购货本"，什么都有"定量"。粮食是一般的男人32斤，家庭妇女28斤，中学生和小学生按照年龄，定量也会年年递增一二斤。每个人的粮食会按照百分比划分米、面和粗粮，米是机米、面是标准粉、粗粮是棒子面（玉米面），要是听说粮店来了豆子，大家就会拿着布做的粮食口袋，在粮店里外排起长蛇阵……每次买了多少粮食、什么粮食，都由售货员在购粮本上登记，好像也很少听说售货员徇私舞弊，也没有人私自涂改购粮本，即使是在"困难时期"大家也都是规规矩矩……在今天看来，那时候的人都够傻的。

那时候的副食店里只有猪肉、花生油、盐、碱、酱油、醋和芝麻酱……除了酱油、醋和盐之外，其他都是定量供应，也要登记在"购货本"上：记忆中是每人每个月二两猪肉、二两花生油、一两芝麻酱、二两淀粉、一两碱、半斤豆腐，过节时还有二两粉丝、二两粉条……购买混纺布、蜡烛也要记录在购货本上。

当时，这"二两猪肉"对于每一个家庭来说都是一件大事：母亲说是买腊肉值，因为腊肉是肉干，母亲把腊肉切得非常薄，半透明的一片一片，给我们夹在烙饼里吃，每次吃肉就像是过节一样。困难时期的蔬菜，也变成了每天定量供应，记得是每人每天三两菜，父亲的菜不在家里，我们母女五个人每天一斤五两菜，如果哪一天卖菜的多给了母亲两个菜帮子，或者一个没有长熟的小冬瓜，母亲都会高兴得像是中了奖。不记得有水果，水果是奢侈品。

一年一度的春节是全国人民的节日：每人会有半斤带鱼，每家还有一小包黄花、一小包木耳、一小包枣、一小包红糖。这种全市统一的过年定量供应，每年的内容和数量都是到时候才会知道。一直到二十世纪八十年代我们住在蔚秀园的时候，我还在雪花飘飘的春节排队买过带鱼，那带鱼是副食店在某一天用平板三轮拉到蔚秀园南门里专门供应蔚秀园居民的。还记得当时谢冕老师排在我前面，中间隔着四五个人，他问我会不会跳舞。那时候国家进入了改革开放时代，学校各个饭厅晚上就变成舞厅，学生和年轻的老师都很上瘾，谢老师从来都是潮流之先……我说：没学过我不会，问他会不会，他说：会，我跳自选动作……看来，他可能也不会跳交谊舞。

记得"困难时期"有一天，一个邻居跑到我们家，说是鼓楼那边的一个副食店正在卖蜜饯山里红，母亲急急忙忙带着一个玻璃罐头瓶就和邻居一起奔了鼓楼……母亲回家的时候，带回来一瓶浸在鲜红的汁液里的蜜饯山里红。那一次，我们每个人分到了两个，甜甜的、酸酸的，很好吃。剩下的半瓶母亲说留给父亲，母亲一点也没有吃，而且，好像是喉咙出了问题，总是在咳嗽和喝水……

后来母亲告诉我：那天，鼓楼副食店里排着长长的队伍，每个人每次可以买一斤，母亲像所有的人一样，买了一斤之后就又排到队尾，一边排队一边吃掉瓶子里的一斤蜜饯山里红，然后又买一斤带回家……母亲说当时她犹豫了一下：她不愿意在商店里、在不相识的人面前那样吃东西，可是环顾左右，大家都在自顾自地吃，没有人注意别人，那个邻居也在吃，母亲也就吃了，这一斤蜜饯山里红让母亲的胃难过了很久……

不记得什么时候起开始发粮票、面票、油票、布票和工业券的,我们家的布票经常是送人或者换成粮票,而我们都是穿母亲改的旧衣服……

父亲总是在四处奔波,母亲总是在改衣服、做鞋、做饭、变卖东西……这些都成为我对于"困难时期"没有色彩的岁月的记忆。

那是我的十五岁至十七岁,正在师大女附中读高中。

父亲做了"临时工"

父亲从生产队退队回家之后着实和母亲一起高兴了几天,可是当父亲到北京市工商局报到的时候才得知,当时全家面临的现实是:父亲进入生产队之前从事的"行商"这一行业已经被取消,在以前的三年中,管理行商的北京市工商局下属为行商"按行归口"安排工作的部门也已经撤销。父亲错过了安排工作的机会,彻底成了无业游民——新中国不兴自己谋职,每个人都得有一个国家安排或者允许的、固定的职业和单位,在单位的领导和管理之下做事和领固定的工资,即使是"看自行车"的人,也是在"党的领导之下"……

这是父亲在生产队"通过劳动改造思想"三年之后遇到的现实和困境。父亲没了工作,我们姐妹四人都在上学,全家的固定收入只有每个月定息十块四毛钱,父亲撑不住这样的窘况,只能让兄长也每月寄钱回家,这一时期,父亲向派出所和办事处申请"照顾""给以工作"的底稿很多，诸如：

1962 年 6 月从生产队退队后填表留底（一页）写着：特长，工商业工作会计、写算、售货。

1962 年从生产队退队后填表留底（二页）写着：家庭成员六人，每月收入三十六元（定息和兄长所寄）不够生活，请求照顾给以工作……

1962 年年中至 1966 年年中，父亲四十三岁至四十七岁就只能是在街道"办事处"管辖下做"临时工"。

在当时，为数不多的临时工大多是二十世纪五十年代以来公有化进程中"剩"下来的人，很多人原来的职业被取消了，本人既没有什么技术特长又有沉重的家庭负担，只能做没有技术含量的活计，可是微薄的工资又维持不了全家的生活，所以这些人都没有进入正式的工作单位，只能做临时工……

当时，机关工厂如果临时有什么活儿要干，自己又缺少劳动力，就需要短期的劳动力，临时工就应运而生了。

各个单位需要临时工工作的时间长短不一定，一天、两天、十天、半月……工种不一，壮工、泥瓦工、水暖工……报酬也不相同，所以临时工的活也是有苦有甜。

临时工由办事处负责管理，办事处在分派工作的时候，也要贯彻"阶级路线"，时间长、工钱高的活儿理所当然是派给出身好、成分好的人去做，父亲没有技术而且有"一般历史问题"，所以他即使有"不偷懒、不要滑"

的口碑也轮不到好活计。

父亲每天清早都要到办事处去"看活儿",由办事处分配工作,运气好的时候,会有两天、三天、八天、十天的工作,运气不好就常常空手而回……

泥瓦匠手下的壮工、暖气管工手下的小工、烧锅炉的推煤工、肉食品加工厂中清洗猪下水的小工……父亲都做过。

父亲的勤勉认真和"人前人后都一样"的品性,把"临时工"也干得勤劳刻苦:他做过给下水道和水暖工当下手的"管工",存留至今的在一叠元书纸上面画的"低水箱坐式粪恭桶做法规格""楼上高水箱蹲式恭桶做法规格""楼上磁高水箱蹲式恭桶做法规格""多连小便斗自动冲水做法"……粗细水管、弯头、三通的连接走向和尺码都标示得清清楚楚……证明了父亲希望从外行到内行曾经的努力和用心;父亲做过给锅炉工打杂的"推煤工",到后来父亲可以一个人又推煤又烧锅炉,而且做到把医院手术室里的温度烧到恒定,以至于父亲被人民医院留下来烧暖气,据说那主要是手术室的要求……

从开始当小工每天挣一块二毛钱到成为长期的临时工每天挣两块多钱……父亲常常说的是:干到老学到老,功夫不亏有心人。

这几年是家中非常窘困的时期,让女儿们吃饱饭、不辍学是父亲和母亲的心力所系,父亲开源节流、努力经营他的临时工,用勤勉努力、少说话多干活来对待每一天和每一个人，因为临时工在单位里是最不稳定和地位最最低下的人。母亲除了做饭就是做衣服、做鞋，她得让孩子们一年四季都吃饱穿暖……

记得就是那时候，我学会了自己纳鞋底：母亲把布头、不能再穿的旧衣服和不能穿的绸缎面子用面打的糨糊在面板上裱成袼褙，把袼褙剪成鞋底，鞋底沿上白边，七八层粘在一起，然后，我就用母亲搓的麻绳给自己纳成千层底……暑假纳一双做棉鞋用，寒假纳一双做单鞋用，妹妹们的鞋子就全是母亲做了。

我也学会了补袜子：每一只线袜子都是补四块补丁，用木头袜板撑着补，母亲说是："笑破不笑补……"

那时候，星期日我没有时间玩，我得洗衣服、洗被单、打扫房间、糊顶棚、擀面条……我是长女，我得帮着母亲撑持着这个家。

记得那时候，我们穿的都是母亲用旧衣服改的中式衣裤：冬天是中式棉袄，夏天是对襟小褂，我的衣服最体面，到了老三、老四就只有穿旧衣服里子的份儿了。

妹妹们用羡慕的目光看着我穿上母亲用碎毛线拼织成的唯一的一件毛衣，母亲对妹妹们说："等大姐穿不了了，就给老二穿。"我心里羡慕着同学们穿的带紧袖的白衬衫和师大女附中带背心的藏蓝色校裙，却从来没有向母亲说过。同学们成群结队去西单看电影，一毛五一张票，我也从来没有向母亲提起过，母亲却像是什么都知道似的对我说："等将来大学毕业了，自己挣钱的时候，喜欢什么都能做到……"

过年的时候，我们知道不会再有新衣、新裤、新鞋、新袜，也不再有鞭炮和"耗子屎"——那是一种拇指大小的黑色坨坨，表面染成绿色和浅蓝色，把尖头抠掉颜色，用香一点，它就会一边滋出花火一边在地上旋转，洋溢着欢乐，五分钱买一大把，装在兜里会有富有的感觉……

那时候，每天晚上，家家都把垃圾箱送到垃圾站，母亲就在夜深人静的时候，给两个小女儿穿戴暖和，让三妹带着小妹，抬着一只小铁桶，一个人拿着炉钩子、一个人拿着煤铲子，去捡煤核——那是被作为垃圾丢出去的，外面已经被烧乏了，里面却还没有完全燃烧的煤球或煤块。当时，北京有不少以此为生的贫困人家，他们的孩子经常是无论白天黑夜都在垃圾堆上打滚，衣衫褴褛、面目肮脏，被人叫作"捡煤核的"。好面子、顾脸面的母亲对我说："你看，老三老四穿着棉猴、戴着棉手套，哪像是'捡煤核的'？咱们晚上去，谁也不知道……"母亲总是静静地等着老三、老四回家，每次看到女儿们抬回来满满一小桶"煤核"的时候，都是迎上前去，一边给两个孩子拍打身上的尘土，一边说："这么多煤核，明天够咱们烧一天的了。"那时候，我们家买煤都是老三、老四用小铁桶从煤铺十斤十斤地抬回来，因为如果一次买不到一百斤煤铺不管送，而我们家当时常常入不敷出，母亲不让年纪大的女儿去捡煤核和到煤铺去买煤，说是女孩子大了要脸面……

我们家这几年的大事是 1963 年年中，我考上了北京大学中文系，父亲和母亲怀着"强弩之末"的心境把我送进了五年制的大学。

1965 年暑假过后我上大三的那一年，我们年级全体同学都作为"四清工作队"队员，到京郊小红门公社参加"农村社会主义教育运动"（简称"搞四清"），搞四清的人都是"革命者"，革命对象是农村干部中的"四不清干部"——这些人的成分都是贫下中农，新中国成立以来从来都是"革命动力"，而"知识分子"几乎在所有的运动中都是"革命对象"，可是这一次却倒过来了，很有戏剧性。

父亲和母亲的"文革"经历

1966—1969 年是父亲的四十七岁至五十岁、母亲的五十岁至五十三岁。

1966 年 5 月"文化大革命"开始，一开始"革命对象"是"走资本主义道路的当权派"（简称"走资派"），革命动力尚未明确，也还没有波及平民百姓的生活。很快就有中学生中的干部子女组织了"红卫兵"，提出了"造反有理"的口号，这个看起来像是自发，显然却是有着政治背景的"革命行动"，很快就普及至大学和全国各地。

1966 年的 8 月 18 日，毛泽东和林彪身穿军装、佩戴着红卫兵袖章在天安门广场专门接见来自全国各地的"红卫兵小将",表示了对他们的"坚决支持",号召他们"大破一切剥削阶级的旧思想、旧文化、旧风俗、旧习惯"。从此红卫兵们就成为被授权的、富有权威意义的"革命者",而把"走资派"(原来的"革命干部")和"牛鬼蛇神"(原来的"地、富、反、坏、右")一锅烩了,从这时候起,平民百姓之中红五类出身的人,也都自觉自愿地戴上了红袖标,力所能及地对身边的街坊邻居中的"黑五类"(地、富、反、坏、右)进行"无产阶级专政"。那时候只要说明自己是"红五类出身"就是革命者,就有权对阶级敌人进行专政,也有街道上的积极分子请学校的红卫兵前来支持无产阶级革命,对黑五类街坊邻里抄家、批斗、游街、"文斗"、"武斗"、遣返回乡⋯⋯这些都叫"革命行动"。

波及父亲的大事是:被"勒令"扫大街和丢掉临时工的工作。

1955年"三反""五反"之后证券行业被取消在父亲的预料之内,1962年从生产队回家之后的行商被取消也在预料之中,然而,此次的临时工被取消却事出意外,因为新中国成立以来的历次运动都批判父亲"做股票"是"剥削劳动人民"的"剥削者",在生产队父亲也一直在批判自己"做行商"是"不劳而获",而如今自己做了临时工,是靠自己劳动吃饭,又是律犯何条呢?

临时工的工作没有了,可是一家人吃饭却不能停止,不知道父亲是怎么样找到了新的"出路",父亲和他在生产队认识的、和他一样处境的两个朋友，开始捡马粪。

每天早上，父亲吃过母亲准备的早饭就骑着自行车出城去寻找大车和马粪，他十岁时爷爷为他买的德国钩字牌的自行车后座的两边，一边拴着一个粪筐，捡满两筐之后就送到阜成门外护城河旁边的空地上去晾晒，晒干之后，就堆成高一米的长方体，论"平方米"卖给生产队的农民，农民用马车拉走——那时候治安好，人也安分，没有人偷粪。

在晾晒的过程中，我们也会帮助父亲定时去"翻粪"，以保证马粪堆的上下都是干燥的。那时候我已经在北大中文系念书，记忆中星期日回家的时候，经常是用自行车驮着老三，老三抱着铁锹，从兵马司胡同向西穿过武衣库、大喜雀胡同，出阜成门到护城河边去"翻粪"，老三干活不偷懒，也不抱怨……

父亲从不说累，可是我们知道捡粪非常辛苦，父亲日复一日地早出晚归，有时候跟着一队马车走出十几里才有收获，回家时衬衫整个后背都被汗水湿透，摘下那顶破草帽的时候，头上的汗水一直流到脖子里，一条擦汗的毛巾发出汗酸味，母亲总是忙着给父亲准备洗澡水，清洗衣衫和毛巾……

父亲后来还学会了收集马缨花、槐树籽、马齿菜、蚯蚓和土鳖什么的，而且知道哪里收购什么，收购价是多少……

马缨花和槐树籽都是可以入药的，收集回来晾干了就可以卖。打马缨花和槐树籽都是晚上去文津街、景山前街一带，那里的马路两旁种满了马缨花和槐树。记忆中父亲的自行车后面坐着老三，我驮着老四，晚上八九点钟的时候出发，出兵马司胡同东口，往北拐，走西四南大街，到了上海迁京的"造寸服装店"和"红楼电影院"往东拐，一直走，过了西安门大街，就到了文津街，文津街再过去就是景山前街。

这个活不苦，那时候，没有那么多汽车尾气，也没有什么空调之类，晚上八九点钟，街上就已经空空荡荡，没什么人，也没什么车。闻着怀里抱着的母亲做的布口袋里面装着的马缨花或者槐树角的清香气味，在路灯下骑着自行车跟在父亲的车子后面，感觉像从姥姥家回来一样……除了捡马粪、摘马缨花、打槐树籽，父亲还学会了晾晒马齿菜、逮蚯蚓、抓土鳖，据说这些东西都是可以入药的，中药店收购……

做姑娘时候用手绣花就心灵手巧的母亲，在她年近五十岁的时候开始学习用缝纫机绣花，不久她就比年轻的姑娘媳妇们绣得还好了，街道上可以领活：绣枕头、绣台布、绣被面、绣金鱼、绣牡丹、绣飞天……绣花的报酬微薄：一对枕头、一件台布……几毛几、一块几毛几……母亲戴着花镜一天天坐在缝纫机后面头也不抬……母亲的一个小本子被妹妹存留至今，上面写着：1965 年 9 月"收洋三元四角"，11 月"收三元三角七分"，1966 年 5 月"收七元八角五分"，6 月"收洋十元四角六分"……那都是母亲一个月辛劳的报酬。

记得 1970 年我从新疆探亲回家的时候，母亲还和我说过："趁着我还看得清，手也不抖，你去前门的谦祥益买一块白缎子，我给你绣一幅飞天将来挂在镜框里好不好？"……不记得是因为谦祥益太远，还是我当时没有听懂母亲的话，白缎子没买，飞天也没绣，后来母亲不再提起这件事，因为她老了，眼睛也花了……事到如今，一想起飞天就让我后悔不已。

刚刚搬进兵马司胡同 52 号的时候，父亲夏天穿着罗裤罗褂；行商的时候，父亲改穿布衣布裤；进了生产队，父亲的工作服上有了补丁；到了捡马粪的时候，父亲的衣裤上，就有了马粪气味……邻居们对于父亲从仰望和尊敬地称呼他"么先生"，变化到不理不睬，最后演化为公开的不屑。

有一天，一个邻居对母亲说："别人都在背后说你们家的粪筐放在公共场所太臭不卫生，应该放在你们自己家门口。"母亲说了一个"好"字，就命我去搬粪筐（父亲每天都把粪筐放在大门以里，两个门洞之间长长的甬道上的十棵小柏树下），我搬着粪筐穿过前院，放在后院自家的门前，然后就忍不住坐在院子里号啕大哭，母亲故意大声说："不用理他们，不用哭，势利眼哪儿都有，好的不能总好，坏的也不能总坏，等到你们都大学毕业了，咱们家就好了……"邻居都不出屋。

父亲被"勒令"扫大街还是因为他的"一般历史问

145

题"，这是同院的、出身于红五类的、整天戴着红袖标（老百姓叫作"红胳膊箍"）的积极分子纪婆子通知的，记得"好面子"的父亲每天天不亮就先出去"扫大街"，因为那时候街上没人，然后才出发去捡粪。

有一天，正在丰盛中学上初中的三妹回家告诉父亲：她的同学在黑板上写了"扫大街、捡马粪"六个大字羞辱她，父亲用自己古老的观念鼓励女儿，也是鼓励自己："不用理他们，人只要不偷不摸、靠劳动挣钱就不丢人。"然而事实上，这件事无论是在父母的心里，还是在妹妹的心里，都永远留下了阴影。

"文革"开始的时候我已经是北大的学生，每次星期六和星期日回家都能够听到母亲断断续续地叙述院子里的"文革"进程，母亲讲述最多的就是：房东靳怀孔被遣送回乡，街道上"破四旧"和父亲烧了开滦的股票。

母亲说：那一天半夜，先是听见前院巨大的咚咚咚的敲门声，然后红卫兵就举着火把进了后院直奔靳怀孔家，一会儿就把靳怀孔和靳大妈从屋子里揪出来，让跪在地上，女红卫兵就用剪子把靳大妈的头发剪成了癞痢头，男红卫兵就在厨房里挖，不一会儿就把靳怀孔埋在厨房里的日本大马刀挖出来了……本来红卫兵只不过对他们俩拳打脚踢，这回他的罪过可就大了，听见靳怀孔说那是一个日本军官送给他的，一个男红卫兵立即把大马刀从刀鞘里抽出来，朝着靳怀孔就砍下去，一个女红卫兵用手把男红卫兵的胳膊托了一把，靳怀孔才捡了一条命……第二天，靳怀孔和靳大妈就被红卫兵押着"遣送回乡"了……靳大妈说：靳怀孔的刀本来是挂在屋里的墙上，后来一害怕，就埋在厨房里了，听说是纪婆子检举的（纪婆子是我们院子里的"街道积极分子"，住在前院一间西房里，她从山西来，出身贫农，总是佩戴着红色的袖标，在前后院梭巡，为此，大家都挂上了布窗帘，后来，在她进住了斜对门"四大名医"之一的萧龙友家的宅院之后，院子里就安静了许多），要不然红卫兵怎么会知道刀埋在厨房里呢？可前院的纪婆子是怎么知道的呢？真奇怪！

母亲说：那天，除了纪婆子家以外，全院都黑着灯，趴在玻璃后面看……我和你爸趴在床上流汗、害怕，因为靳怀孔是地主出身，又是国民党军官、资本家和右派，还是房东，地、富、反、坏、右他都快要占全了……靳怀孔临走之前，把一方紫石砚交给母亲，说那是一个老和尚送给他的，留给母亲作个纪念……这方紫石砚在我去新疆的时候，母亲给了我。

母亲说：靳怀孔走后，院子里出身成分不好的，第二家就得数咱们家了。那天，纪婆子通知你爸"主动破四旧"，咱们家的麻将牌和神主牌、香炉什么的，就让老三、老四送到派出所去了。老三、老四说，派出所的院子里堆成了一座山，什么都有：麻将牌、神主牌、香炉、香、玉如意、檀香扇、铜火锅、西服、大衣、旗袍、首饰盒、绣花鞋、一捆一捆的线装书、国民党军装军帽……

母亲说：咱们家的玉拱璧，你爸送到王府井工艺美术公司去了，还给开了一张收据……这个玉拱璧玉质细润、直径大约二十五厘米、中间有一个直径大约五厘米的圆孔，玉拱璧镶在一个硬木雕花的架子上，下面衬着黄缎子，黄缎子上面有两条龙对舞，父亲说，那是从宫里流出来的……"文革"结束之后，在"落实政策"的时候，父亲拿着"收据"到王府井的工艺美术公司去，想要领回玉拱璧，结果，父亲被告知：玉拱璧已经出口了，只能给你作价……父亲领回了十元钱。

母亲说：咱们家的宣德年的紫铜香炉，我说在院子里挖个坑埋了，你爸不敢，也让老三、老四送到派出所去了，还不敢白天去，是晚上悄悄地去扔到那一大堆"四旧"里的……

父亲在1953年购买的天津"仁立"二十四个、"东亚"三十个，在1956年公私合营之后，股票不能再买卖流通，个人手中持有的股票全部"定股定息"，十年过后已经算是"本利两清"了，唯独因为"开滦煤矿"是英资企业，股东主要是英国人，1949年之后中方一直算是"代管"，所以"开滦"股票一直未做处理（传闻1987年撒切尔夫人来京，了结了"开煤矿"英方的财产事宜），父亲手里的五百九十万股"开滦"股票也就算是打了水漂。

本来是有来踪去影的东西，到了翻云覆雨、颠覆一切的"文革"中，父亲和母亲就完全不知道这些股票是不是会成为惹来大祸的由头——父亲的"商人"出身（做股票、做行商）和他的"一般历史问题"还都是属于"人民内部矛盾",虽然"吃定息"是"资产阶级""不劳而获""吸血鬼""寄生虫",但这还都没有什么大关系,可如果这些"股票"被宣布是"变天账"("文革"之中被搜出的地契、国民党证都可以被说成"变天账"),那父亲和母亲立刻就变成"阶级敌人"了,一旦从"人民内部矛盾"成为"阶级敌人",后果也就难以估计了……

父亲为了这厚厚的一叠股票终日魂不守舍,想要烧了舍不得;想要埋在地下,怕像老靳的军刀一样被挖出来;想要放在顶棚里也怕被搜出来,"隐藏变天账"罪过更大——终于有一天,父亲把五百九十万股开滦股票扔到火炉里,才算了事。他记录了十五张数量不同的股票的号码、股数、购买时间、家庭住址、印鉴号码……他把这些记录和购买股票所用的自己和母亲的印鉴小心地放在一起——他觉得将来如果还有兑现的一天,凭着印鉴应该可以领取,更何况这些股票都是实名制,可以挂失的,眼前还是烧了比较安全……

事实上,这五百九十万股开滦股票曾经是一笔钱,在父亲的心里一直是希望,而在父亲死后,也就彻底地化为乌有了……

在父亲遗物中的一张纸上它们是一串号码:丙6488(十万)、丙8133(十万)、丙7425(十万)、丙8752(十万)、丙7036（十万）、丙9595（十万）、丙9560（十万）、丙9559（十万）、丙9558（十万）、戊4156（一百万）、戊3407（一百万）、戊0135（一百万）、戊2889（一百万）、丁 3209（五十万）、丁 2871（五十万）。

父亲在"文化大革命"中有 1969 年 6 月 24 日"通过学习认识自己的历史问题"（横写十六开片艳纸四页）交给工宣队的底稿，全文如下：

我首先汇报我内心的想法，通过学习我认识到，我少年时参加北京五台山普济佛教会罪恶是严重的，自己非常痛恨自己的罪恶，我认识到我自己的问题应当彻底的交代清楚，只有把问题交代清楚才能有前途。

政府和革命群众无论在政治上在工作上都给了我无微不至的照顾，在学习中给了我挽救我的机会，我除了感激之外，我很诚恳的来说，无有一时一刻把自己的问题忘掉，自己决心愿意尽快的把自己的问题弄清楚，才能丢掉包袱轻装前进，所以我对我的问题及佛教会的组织系统以及有关的各个情况又作仔细反复的回忆，以上是我的认识和诚恳的态度。

在我的脑子里，有什么问题我就敢说什么，我什么顾虑也没有，我用逐年的推着想的想法，在我的募布施罪恶活动以及去过的地点，听到沈广珍讲的内容及宣传内容等方面，我现在想到的已经都做过交代，以后再想起来一定随时交代，现在我将想到的一段情况写在下面：

在 1938 年（我十八岁）时，我不募佛教会布施以后，李守先、陈秀峰、李万有等人自己募布施，都直接与沈广珍去办事，但有万国尧（河北丰润大唐河人）鲁乐芹（河北丰润北塔王庄人）等几个人则说，他们仍然信任我，我不干了他们也不干了，但他们如想花点钱办一点事（就是花钱办场戒之类的事），还得求我给捎着办办，在以后的一些年中，大约在1948年我见过鲁乐芹、王乃昌、万国尧等人，解放前后我见过柳春荣（丰润县岔河人）他们，很有限的，可能补几个名（就是谁家已入过会，又生了小孩想入上就花点钱补个名），是他们来北京见到的，我未去找他们，如果有的话，可能他们托我代交给沈广珍了，日期数目全记不清楚了（以上这一段情况，我在生产队大约1959年做过交代），自从1938年我不募布施以后，我未再主动找任何人（无论已入会的或未入会的）让谁入会让谁花钱，也没有再去宣传活动，以上的几个人是他们来北京见到的。

我的家庭出身情况再详细补充：

我父亲和我叔父兄弟二人，我叔父无子生二个女儿，我父生我和一个姐姐，我父叔小时我奶奶织席，我祖父在东北当厨工，回家以后在家蒸包子，我父叔二人就肩挑卖包子，那时家中只有坟地三亩三分。

以后就与么廷梁合伙开小铺，叫双盛永，后来么廷梁退伙就是我叔父和我父亲自己做，小铺获利之后，陆陆续续的买了土地四十余亩，我父一方面种地劳动一方面开小铺，后来我叔父眼睛坏了，我父亲无文化不能算账，我记得我十四岁时全是我叔父的女儿（大姐）帮着开小铺写账，以后我姐姐也帮着开小铺写账，我稍大下学（辍学）后也随着叔父开小铺，那时候我叔父那股四口人，我们这股三口人，全家都参加劳动，家中耕地忙时请过一位长工（冬天不请）。

由于我叔父参加了佛教会，他主持把地卖出十亩，给全家每个人花七十元入会，1938年我十八岁时去天津做买卖，1941~1943年赔累的业不抵债，家中两个债主带着两个孩子到家中坐债（住下来讨债）半年多，为了还债把地卖出十七亩典出十五亩，仅剩两所房子和六亩地，因为这是我父亲和我叔父的地全被我赔光了，我叔父没说什么，我叔母很不满意，他找了我们族叔叫么百良的夫妇找我，对我说：你叔叔是绝户老两口，你们把"伙产"（兄弟合伙的产业）都卖了，你想怎么办？经过商议谈好把房子和地及全部家具全归我叔。

我的家庭情况早在派出所摊管处（摊贩管理处）做过交代，这次在革委会宣传队也做过交代，现在补充家庭内幕。

认识：

解放后二十年了，自己对自己的历史问题及思想认识不断地有所变化，在解放初的思想，对于北京五台山普济佛教会所说的国运天时躲劫避难等仍有所迷信，立场没有改变。

在 1955 年交代问题之后，思想上改变了立场，不愿与干过佛教会的人再见面，在体会上认为，佛教会所说的话并没有应点（应验），完全是骗人，经过"肃反运动"受了深刻的教育，把自己的问题彻底的做了交代，并得到宽大处理，一方面感到轻松，一方面认识到了自己的罪恶。

在 1958 年 12 月至 1962 年正是三年自然灾害期间，我正在北京市生产队做装卸工及减河工程工作，那时是北京市公安十三处领导的支持首都十大工程建设的工作，通过这个劳动（不是劳动改造）使思想认识提高，在这个阶段经过学习通过劳动的体会，在政府的关怀培养教育下自己更进步，认识了自己的罪恶以及政府给了我重新做人给了我挽救我的机会，自己对政府非常感激，自己立志从那时以后，无论在思想上在行动上都不犯任何错误，在劳动上自己下定决心不怕苦不怕脏不怕累，争取重新做一个有用的人。

1962 年后生产队精简回家期间，就在本办事处的领导之下做临时工工作，这时自己的思想和行动，无论在哪个单位工作，始终是认为应当好好的劳动尽到自己百分之百的力量，为建设社会主义添一砖一瓦守规守法，所以我在做临时工期间，从未犯任何错误，在有的单位工作的日期都是比较长的，仅在人民医院一个单位我就工作了三年多将近四年，我的情况您可以去了解。

在文化大革命期间，经过临时工造反的阶段，那时我还在广安门外做修河工作，在参加全红总组织方面，自己认识到自己历史上是有问题的，对于应当不应当参加组织，参加组织是否犯错误做了很多的思想斗争，我终于决定不参加任何组织（这段详细情况我已做过交代）这些只能说自己怕犯错误。

我通过学习比以前有所不同，对于我的历史上参加五台山普济佛教会问题，在学习前也知道这个问题自己是有罪恶的，但是未曾认识到这个组织是一个反动组织，只认识自己是迷信被骗而且骗了人，自己还认为在日伪时代和地下革命干部刘佚夫、张振声有联系以及日寇投降后在伪国民党时代帮助张振声上山里去等等情况，自己决不会有什么反动的，现在通过学习通过革命群众的挽救和说明，我进一步认识到我参加五台山普济佛教会虽然当时是迷信想法，但现在认识到这个组织是反动组织，我参加这个组织阶段所起的作用也是反动的，所以现在认识到自己严重的罪恶，自己的罪恶这样严重，政府和革命群众无论在政治上经济上工作上都给了我无微不至的照顾，我很诚恳的表示，自己对不起政府对不起人民对不起党对不起革命群众，自己除了感激之外，自己是诚诚恳恳的认罪，自己对自己的罪恶实在痛恨，自己今后要以实际表现为建设社会主义供（贡）献自己的所有力量立功赎罪，自己用实际行动认真学习毛主席著作，用毛主席思想武装自己的头脑，听毛主席的话，照毛主席的指示办事，永远不犯任何错误，老老实实的接受革命群众工人阶级贫下中农的再教育和监督，在建设社会主义劳动中拿出百分之百的力量，做一个新社会有用的人。

此外，"文革"中父亲多次向革命群众、军宣队、工宣队交代问题、认识问题、在信中回答儿子和女儿对于自己历史问题的询问（因为我们兄妹的档案中也都记载着父亲的历史问题，也都要向自己的组织汇报父母的问题并且进行认识）的留底还有：

1968年10月，上交街道思想汇报（四页）

1968年10月，交代有关佛教会历史问题（五页）

1969年4月26日，汇报自己在1949年之前，支持地下革命工作者张振声的四件事交街道军、工宣队（七页）（着重说明自己不是反革命）

1969年5月14日，补充交代佛教会历史问题细节（九页）

1969年5月30日，补充交代佛教会历史问题的细节（二页）

1969年6月24日，"文革"中学毛主席著作，对照自己检查自己的罪行，交工宣队（四页）

1966 年 3 月 3 日，寄给长女的回答关于历史和定息问题的信的底稿（二页）

1968 年 10 月 6 日，寄给儿子的回答关于佛教会的历史问题的信的留底（三页）

…………

"文革"之中父亲向革命群众、工宣队、军宣队的交代和向儿女的情况说明仍然是那个"一般历史问题"的再版，父亲在不同的交代里写着"定息就是剥削""向伟大领袖毛主席请罪""向政府请罪""向革命群众请罪""对不起政府""对不起人民""对不起党""对不起革命群众""感激政府""感激人民群众""用毛主席思想武装自己的头脑，听毛主席的话，照毛主席的指示办事，永远不犯任何错误""老老实实的接受革命群众、工人阶级、贫下中农的再教育和监督"等等，看起来父亲的认识是在不断提高，而且还与时俱进地加上了"文革"常用语。

在一个极端的年代，当时的"被革命者"都在战战兢兢，说话也变得很极端，甚至于已经很难区分措辞的真假，也很难顾及自身的尊严了。

有人告诉父亲和母亲，纪婆子到派出所那里去申请派红卫兵来我们家"抄家"和"批斗"，可管片民警张玉佩说是父亲"不够格"，"他那点事都交代了"，纪婆子很不满意，说是"张玉佩保护了么家"。

当时，街道上通知的所有的批斗会都不能不参加，被"勒令"扫大街不能耽误，让写"交代认识"不能不写，所以父亲捡粪经常要起早贪黑，钱不够过的时候还是得卖东西。今存的 1966 年至 1968 年父母在信托公司出卖零星衣物的收据共有 7 张，它们是：

1966 年 4 月 29 日，在广内大街菜市口信托商店卖出白罗大褂一件，售价十三块五毛钱，税后十二块五毛五

1966 年 11 月 12 日，在地安门信托商店卖出硬木炕桌一件，售价十八元，税后十六块七毛四

1966 年 12 月 19 日，在宣内大街中昌信托商店卖出哔叽男裤一条，售价十七元，税后十五块八毛一

1967 年 2 月 25 日，在地安门信托商店卖出木箱一个，售价九块六毛，税后八块九毛三

1967 年 3 月 15 日，在地安门信托商店卖出硬木小桌一个，售价五元，税后四块六毛五

1967 年 4 月 13 日，在地安门信托商店卖出旧三脚架一个，售价四元税后三块七毛二

1968 年 10 月 30 日，在宣内大街中昌信托商店卖出插架二个，售价三元税后两块七毛九

当时委托出售旧物，收手续费百分之七，当时的市民月生活费最低标准是十二元，我在北大的"甲等助学金"是每月十九块五，每个月饭费是十二块五，星期六星期日回家，饭票可以退钱。

父亲和母亲的"自愿上山下乡"

1968 年，"文化大革命"中的"革命小将"已经不再受到重用，他们被叫作"知识青年"，六届中学的初、高中毕业生一千三百五十余万人在停课完成了"破四旧"的任务之后，已经成了城市的无业游民，毛主席一声令下之后，这些十几岁的孩子，就真心诚意地响应毛主席的伟大号召，到农村和边疆去插队落户了。他们走的时候真的是争先恐后、呼朋引伴，街上的大卡车拉着他们去北京火车站，沿途洒下的洋溢着青春的歌声四处飞扬："我们走在大路上，意气风发斗志昂扬，毛主席领导革命的队伍，披荆斩棘奔向前方，向前进！向前进！革命气势不可阻挡，向前进！向前进！朝着胜利的方向"……当时报纸对他们的形容是"意气风发、满怀豪情，奔向农村，奔向边疆"……脱缰的野马一样的"青苹果"们，很快就从北京消失了，北京城顿时安静了不少。

1968 年，大学红卫兵也已经过了气，他们不仅不再是"革命的动力"，而且还"走向了反面"，毛泽东指示要"工宣队、军宣队进驻学校""贫下中农管理学校"，此时此刻，红卫兵改称"知识分子"，这些"从旧学校培养出来的人"需要"接受"工农兵的"再教育"，他们也变成了"被革命者"，然后，在校的三届（六六届、六七届、六八届）大学毕业生就在工宣队、军宣队的领导下迅速"分配"

出京，面向农村、面向基层，去接受"工农兵的再教育"，他们大部分去了农村和农场，少数出身好的人去了工厂，干部子弟多半去了部队——仍然是按照"阶级路线"分了三六九等。

1968 年年底，我被分配到新疆军区解放军农场"接受再教育"，大妹"自愿报名"到山西省阳高县王官屯公社插队，我们姐妹俩分别在 12 月 20 日和 23 日离开了北京城，12 月 20 日我送妹妹到北京站，23 日父亲把我送出了家门口，母亲一直留在屋子里……

三十多年之后，一直到我自己的女儿出门去美国的时候，我才明白了：面对自己的儿女离去是一件怎样的事情……

1968 年年底，父亲和母亲在三天之内送走了两个前途未卜的女儿，身处"文化大革命"的氛围，院子里时时面临着监督和偷窥，父亲没有正式的工作，身边还有两个上初中的小女儿，不知道父亲和母亲，特别是母亲怎样度过了 1969 年的新年和春节。

很多年之后我听说：我们姐妹走后，母亲每天仍然坐在窗前的缝纫机后面绣花贴补家用，只是眼前多了我和老二的照片，无人时母亲眼泪不干……到了冬天，给每个女儿做一件新棉袄，成了母亲的新功课、新念想。在母亲心里新疆冷，山西雁北也冷……五年前的 1963 年，母亲憧憬的、大女儿"大学毕业之后"的前景完全走了样……

1968 年 12 月 22 日，人民日报发表了《我们也有两只手，不在城市吃闲饭》的报道，"城镇居民上山下乡"安家落户的高潮来了。

半年之后的 1969 年 8 月 1 日，一辆卡车把父亲、母亲和两个妹妹运到了昌平县流村公社古将村。

父亲和母亲是在"城镇居民上山下乡"的运动中被"街道积极分子"和"派出所"选中的，原因是父亲没有正式的职业和工作单位，而且又有"历史问题"。

我家被列入"自愿下乡插队落户"的"名单"之后，街道上出身"红五类"的、"文革"中崛起的"街道积极分子"就开始佩戴着红袖标轮番到家里进行"动员"，不久，他们使用的"文革"语言就让自尊的母亲几乎要精神崩溃，坚强的父亲也觉得没有办法再在城里住下去了，最后，父亲和母亲同意"自愿下乡插队落户"，那些"街道积极分子"就不来了。

我不知道在无可奈何之中的父亲和母亲经历了怎样的思想过程：年轻时代的父亲和母亲，经过超常的勤勉努力，才从丰润县刘各庄搬到了唐山市、北京市，而在他们已经熟悉了城市生活、进入老年的时候，又要重新回到久别的农村……

记得母亲常常说："人哪！向上走（指环境）容易，走下坡不容易；年轻的时候有本钱，碰上什么困难都能克服，年老了没本钱了就不容易过了……年轻难不算难，老了难才是难哪！"而此时此刻的父亲和母亲，不正是面临着"年老了没本钱了"的时候还要"走下坡"吗？

后来母亲说："当时也想，三个大孩子一个在重庆、一个在新疆、一个在山西，眼看着第四个孩子就要去东北建设兵团，现在全家一起去农村也好，起码还可以有两个孩子在一起啊！而且这个街坊邻居都成了'阶级敌人'的院子也真是没法住下去了。"

五十岁的父亲和五十三岁的母亲和两个妹妹虽然都是"响应毛主席的伟大号召""上山下乡"的"城市居民"，可是身份待遇却不一样，"丰盛街道革命委员会办事组"在1969年7月28日开出的"上山下乡迁户口证明"上面，把母亲变成了"户主"（因为母亲的出身是"职员"，关键是她没有"历史问题"），父亲是"随走人"，而六九届初中毕业生和刚刚上完初一的七一届初中毕业生三妹、四妹，则是"上山下乡知识青年"，四个人在身份上分为三等，主要是说明有"历史问题"的父亲，不能名正言顺地享受"响应毛主席伟大号召上山下乡"的"光荣"——这样体贴入微的"处理"，体现着"丰盛街道革命委员会"执行"阶级路线"的不折不扣。

妹妹们告诉我：走的那天，天上下着大雨，院子里的邻居全都在窗帘后面看着父亲和两个妹妹搬行李，一个父亲的朋友冒雨前来送行，他蹚着水把病中的母亲从后院背上了大卡车，前院纪婆子还特地候在门洞里给母亲戴上一朵红花，却没有父亲的……谁都明白，这个"小动作"的意思是再一次强调：她们对于父亲和母亲"区别对待"，看着眼光悲哀的父亲，母亲悄悄地安慰父亲："不用理她们，她们就是故意让你难受"，父亲在雨水中静静地点点头……

我们家在兵马司胡同 52 号的十七年岁月，就在一场大雨之中结束了。

那一天，在父亲和母亲脸上流淌的，一定不仅仅是雨水。

父亲的遗物中留下了 1969 年 4 月 15 日填写的"申请上山下乡登记表"（三页），这个"程序"的履行，表示着父亲和母亲上山下乡仍然是"自愿"的，"申请"去昌平而不回原籍表现了父亲和母亲的心结（父亲在登记表上写了许多不能回原籍的理由，而实际上是，他们无论如何都不愿意回到刘各庄去接受"逃亡地主"的待遇，那他们就死定了），更大的可能性是：父亲和母亲在当时面临着两种前景，一是回原籍，一是去昌平，而此外已经别无选择。

父亲的遗物中还有一张 1969 年 5 月 8 日填写的，把大妹从山西调到昌平全家在一起插队落户的申请表（一页），那是父亲和母亲在离开北京市之前，为了在山西插队的二女儿所做的最后的努力——他们觉得北京郊区毕竟比穷困的山西雁北强，既然都是插队当农民，何必要天南地北？全家在一起彼此也有个照应……然而这个要求没有结果，他们的二女儿仍然是在山西雁北。

父亲死后，在他的遗物里，我找到一张盖着"北京市西城区丰盛街道革命委员会办事组"红色印章的"1969 年7 月 28 日"由"西城区丰盛街道革委会安置办公室"发下的"上山下乡知识青年购物证明信"，内容如下：

最高指示

知识青年到农村去，接受贫下中农的再教育，很有必要。要说服城里干部和其他人，把自己初中、高中、大学毕业的子女送到乡下去，来一个动员。各地农村的同志应当欢迎他们去。

上山下乡知识青年购物证明信

兹有我管界居民　么蔼光　男　住西城区兵马司胡同 18 号。业已批准上山下乡，需要向贵店购买以下物品，请按规定协助办理。

特此证明

自行要求购买物品名称如下：

西城区丰盛街道革委会安置办公室

1969 年 7 月 28 日

这张"证明信"上盖着两个购物的戳子，戳子上分别刻写着"电池已购"和"鞋已购一双"，这"电池"和"鞋"应当就是父亲和母亲从城市走向农村的时候所做的准备了："电池"是为了走夜路的手电筒准备的，而"鞋"一定是内联升的布鞋，父亲一生的必需品，他一定是觉得以后进城到前门大栅栏买鞋就比较困难了。

············

　　父亲在三十五年以后的 2004 年 9 月 20 日，独自骑车从西四环进城，在兵马司胡同摔成脑出血，从此一病不起……八十五岁的父亲到兵马司究竟是去寻找什么呢？

北京市个体劳动者协会

姓名	马义先	行业		入会日期	
性别	男	年龄	69	单位	
		发证			

证号 西长字第 0451 号

68 年 2 月 28 日

北京市个体劳动者守则

要持证文明经营、公平交易、遵章守法、服从管理；不要弄虚作假、欺骗顾客、歉行霸市。做有理想、有道德、有文化、有纪律、群众信得过的个体劳动者。

北京市个体劳动者协会

父亲的北京市个体劳动者协会会员证

1981 年，时年 62 岁，年轻时做过行商的他，成为"个体户"

敬启者：

先生为了实践抗美援朝总会号召，捐献四区人民号飞机，积极表现了爱国热忱，前承允捐人民币拾捌贰万元，尚希争取提前缴纳，以便完成此一伟大之任务。

此致

公 先生

缴款 { 地点：苏七派出所内
      时间：上午七——十二 下午二——六

1951 年，抗美援朝捐款的"催缴通知单"

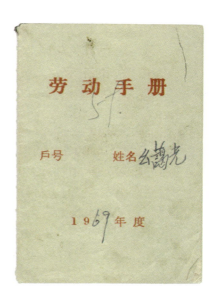

1969 ~ 1978 年，父母及两个妹妹"自愿上山下乡"，
图为 1969 年父亲在生产队的劳动手册

1940 年代的父亲和母亲

1980 年代初，父亲用平板三轮车拉母亲去看卢沟桥的石狮子

北京长征洗印

1959年兄长大学毕业时与母亲的合影

北京长征洗印

1963 年我高中毕业时与母亲的合影

北平围城时，母亲与我和后来夭折的小妹

1949年前后，母亲和我在
中山公园

1973年，父母亲和我的女儿在昌平北流
村房前合影

六　父母的北流村十年

（1969—1978年）

事隔多年之后，对于当年"自愿上山下乡"的原因，父亲和母亲的叙述已经不尽相同，父亲说是为了两个女儿不去插队（三妹那一届要去黑龙江生产建设兵团、小妹要去云南），母亲说是在院子里受纪婆子欺负、办事处临时工也不给派活，在城里住不下去了……也许父亲和母亲的感受重点不同，而沉积在他们记忆中的都曾经是不同角度的事实。

父亲和母亲相依为命

从 1969 的 8 月 1 日到 1978 年年底，父亲和母亲在昌平县北流村下乡务农几近十年，那是母亲的五十三岁至六十二岁，父亲的五十岁至五十九岁。

时至今日我才明白了对于一个普通人来说，五十三岁至六十二岁和五十岁至五十九岁是一个怎样的年龄段，身体和心理上会经历怎样难熬的变异，而对于正在步入老年、渐渐衰老的父亲和母亲来说，从城市到农村、从务工到务农，从挣工资到挣工分的变化意味着什么……可是从父母的嘴里却从来没有听说过半个"苦"字。

父亲说，即使是经过了"生产队"的锻炼，经过了"捡粪"的劳动，勤勉努力的本性也从来不曾改变，但他的"农民"当得也仍然非常辛苦，因为他不会耪地、不会上山割柴、不会锄地、不会养猪、不会推碾子……

父亲从下乡的第二天开始就"出工"了，第一天的活计是"锄地"（就是锄掉高粱地或者玉米地里的杂草）。

锄地的时候，父亲一开始和大家站成一排，每人一垄地一起起步，可是一会儿，父亲就落到了最后边，大家到了地头就歇歇儿，抽烟、聊天、说笑话，看着父亲挥汗如雨地锄啊锄，好不容易父亲也锄到了地头，可别人的休息已经结束，"起歇儿"开始锄第二垄了，父亲只得又和大家站到了一排。

父亲总是赶不上农民们锄得快，一天下来，父亲干得浑身是汗，一件蓝褂子全都湿透了，贫下中农们都看着他笑……开始他觉得这挺合理，自己是"新手"嘛，当然赶不上别人快！后来一个叫孙惠的农民告诉父亲："谁像你那么傻，还要把草连根除掉，那还不慢？别人锄地都是把薄薄的一层土翻起来拥在苗旁边，草也就是被拦腰切断了。"父亲不解地说："草根没断，过几天不是又长出来了吗？"孙惠笑着说："长出来再锄呗！反正是混一天的工分，大伙儿都是'猫盖屎'，你还犯得上把自己累成那样？"父亲虽然是恍然大悟，可是他终究是学不会"猫盖屎"，一锄地仍然是他一个人弄得汗流浃背，只有孙惠常常从地头接着父亲，帮助父亲锄一段……锄地在很长的时间里都让他发怵，因为一锄地父亲就没有了"歇歇儿"，要一直从头到尾干一天。

父亲在第一次"评分"的小队会上，就自己认可是四等男劳力，"四等工分"是男劳力的最末等，叫作"老头儿分"，一等工分是每天十分，四等工分就只有七分。"评分"在农村是一件大事，农民们经常为了"自己是几等工分"弄得吵翻了脸不欢而散……所以，对于父亲的主动认可"老头儿分"大家都觉得挺好，没有意见……父亲挣着四等分，每天又累得汗流浃背晕头转向，所以没有人对父亲提出意见，从上到下对他干活的评价都是"没体力，不会干，不偷懒"，父亲和母亲都很安心。

父亲仍然一如既往地扛着一个男人"应该的""养家活口"的责任，一如既往地勤勉和认真，对所有的农活都从不敷衍了事，几年下来也就学会了锄地、薅草、耪地、铡草……而且也学会了像农民一样养猪，每天收工都带回家一捆猪草……

父亲从下乡的第一天就决定：不让正在更年期、身体日趋衰弱的母亲下地挣工分，母亲依然"主内"，给父亲和妹妹做饭，给父亲洗衣服，收拾院子，喂猪……当时，村里的妇女都是要下地干活的，即使是她们做了祖母或者外祖母也一样。

很多年之后，我才理解到"不让母亲下地"是父亲对于母亲"爱心"的表达方式，也是在父亲的观念里，男子汉保持自尊的最后的心理防线——父亲觉得：挣钱养家是男人的事，他既然有能力在年轻的时候把母亲从农村带到了京城，他不能让母亲到了老年又回到地里干辛苦的农活。

生产队的农民都很羡慕我们家，因为父亲还有我和哥哥，每个月都往家里寄钱。在农村，有人在外面挣钱的家庭叫作"工资户"，如果没有兄长和我寄回家的工资，母亲也得下地干活，因为父亲一个人的工分养不活母亲。

我和哥哥寄回家的钱，主要是买煤（做饭和取暖用，因为父亲有"恐高症"，母亲不让他上山割柴，当地有不少因为割柴滚下山去摔死的故事，那叫"泡了"）烧，买牛奶给母亲喝（母亲身体不好），冬天买苹果给母亲吃（母亲总是胃酸），买肉炼猪油炒菜用，供给远在山西的大妹上中专……

父亲和母亲下乡第一年（1969）"投资及预分手册"记载着：

1969年的"日值"（十个工分的报酬）不低，每天是九毛七分七厘（后来的几年，日值六毛钱左右的时候居多），父亲一天七分，合六毛八分三厘九；老三是一等女劳力，每天八分，合七毛八分一厘六。父亲和老三两个人一天挣一块四毛六分五厘五……从八月一日干到年底，父亲和老三共计挣了一千八百五十一个工分，这一千八百五十一个工分的报酬是一百八十块八毛四，也就是说，他们两个人每个月挣三十六块钱。

按照当年对于从北京城里"下乡落户"的"优惠"政策，这一年的"基本口粮"一千六百二十四斤九两的粮款一百七十三块八毛四由生产队负责，所以，父亲和老三的收入，付了"分菜、分柿子、电费等其他日用开支"八十八块九之后，居然还分到了现金九十一块九毛四。这说明：如果没有这一优惠，父亲和老三就会"反欠"生产队八十一块九——也就是说父亲和老三即使天天出工也养不活母亲和老四；也就是说在农村，父亲一个人养不活母亲……

家庭支柱"老三"和她的命运

1952 年秋天（农历壬辰年八月二十六日）三妹出生，属大龙，1953 年春天，当三妹还抱在母亲怀里的时候，父亲卖了小茶叶胡同 14 号的房子。

虽然这两件相连的事情都可以算是家里的"大事"，可是，与卖房之前父亲面临的种种情况——旷日持久的"三反""五反"运动、"业不抵债的赤字"相比，三妹的出生就成了一件微乎其微的小事。如果不是迫不得已，但凡还有腾挪的办法，父亲绝对舍不得卖掉刚刚置起来的"房产"。在很长的时间里，三妹在父亲的内心，都是一个与他的"事业"、他的"命运"的跌落共生的、预示了"不祥"的孩子，母亲说：父亲很少"正眼看"这个没有选好出生时间的孩子。母亲还说："算命的怎么算怎么是个男孩，不知道为什么就变成了女孩。"母亲叫她"老三"，"老三"就成了她的大号。

老三很有可能真的是男子转世，她在相貌和性格上处处显示着"男子气"、"倔强"和"与众不同"：长长的睫毛、一头不驯服的又粗又黑的头发、一双会说话的大眼睛，却又不爱说话，经常是大人说话，她在一个并不惹人注目的地方静静地听着，懂事而不生事……

她从小有"责任心""说话算数"，在上学之前就是这样了。母亲说，有一次，母亲清早要出去办事，锁上东屋，吩咐她"看家，看好妹妹和鸡"。母亲中午回来一看，老三坐在南屋的门槛上，一只手搂着妹妹，一只手抱着鸡，两眼专注而自信，一副"忠于职守"的样子。

因为生于贫困，她从小就懂得了"吃苦耐劳"。母亲说：家里最困难的时候，买煤球都是十斤、二十斤地买，煤铺送煤，不到一百斤不管送。每次都是老三带领老四用一根木棍、一只小铁桶，把煤从煤铺抬回来。母亲观察自己的子女非常细致，她说：老三每次都让煤桶靠近自己，给妹妹一截长长的木棍。

记忆里，大概是在我上初中或者高中的时候，我们姐妹四人，曾经有过帮助父亲和母亲"挣钱"的经历：母亲从"居民委员会"领来剥云母、拆朝鲜菜、择猪毛的活儿，由我来负责"分配"和"验收"，因为我是老大，也因为我肯干和"铁面无私"。

母亲领来的云母，是一块一块的，要用薄薄的废锯条磨出一个刀锋作为工具，把云母劈剥成一片一片，听说是用在电器上的绝缘材料。朝鲜菜是一根一根的，像是小胡萝卜，用一根打磨掉针尖的粗针，把"小胡萝卜"拆成丝，交到副食店腌菜用。猪毛一两一捆，黑的、白的、灰的混杂一起，需要用镊子把不同颜色的猪毛分开。

这都是挺单调、挺累人的活，需要眼睛和手不停地做，效率很低，择一两猪毛也就是几分钱的工钱。当时三个妹妹好像都在上小学。母亲领来这些活，却不忍心催逼孩子们干，我就成了"穆仁智"。每天妹妹们放学回家之后，四个人坐在一起，每人一小堆，我给自己分的最多，表示以身作则。我规定：先完成剥云母、拆朝鲜菜或者择猪毛的任务，才可以去做作业，然后去玩，星期日的上午下午都有任务要完成。当时，哥哥已经在上大学（？）或者是已经毕业，我是女儿中的老大，自觉有责任帮助父母"挣钱"贴补家用，自己应该完成得最多，还应该帮助妹妹们，觉得只有这样做才是"表率"，妹妹们才会对我心服口服。

开始的时候，听到母亲说是大家都可以为家里挣钱，妹妹们还都兴高采烈，按照我的要求和分配完成任务，不久，大家都发现，放学回家就坐在一起干活挣钱，比起做完了作业自己去玩可是差远了。我还能撑着，为了不让母亲"失望"，也不愿意在妹妹们面前显得有始无终，妹妹们显然越来越苦恼，后来就各自有了"智慧"和"对策"，"作业多""肚子痛"经常出现，只有老三还在我的麾下，默默地、按照要求、保质保量地完成任务，然后如释重负地去做作业、出去玩，母亲悄悄地对我说："老三厚道。"

父亲开始"捡马粪""捡马缨花""捡槐树籽"的时候，正是我们家最困难的时候，那应该是在"文革"之中了。记忆中经常是老三和我一起，带着铁锹去三里河那边的护城河旁边去"翻粪",她干活不偷懒,也不抱怨。打马缨花和槐树籽都是晚上去文津街、景山前街一带,那里的马路两旁,种着马缨花和槐树,经常是父亲的自行车后面坐着老三,我驮着老四,父亲用一根长长的、顶端安装了一个铁钩的竹竿,把树枝钩下来,我们就摘马缨花和槐树籽,装在母亲交给我们的布口袋里。这个活不苦、不难,我们经常是老三、老四怀里抱着布口袋,满载而归。之后的晾晒和卖钱就是母亲和父亲的事了。

老三1960年考上了"宏庙小学",那时候没有什么"全国重点""市重点""区重点"的说法,而且,也不知道"宏庙小学"有着复杂的命名历史("宏庙小学"原是清代的"义塾",1883年改为"镶蓝旗官学",1901年命名为"宗室觉罗八旗第六小学",1914年改为"北京师范附属小学",1917年改名为"北师附小",1928年改名为"北平特别市立师范附属小学",1942年更名为"北京市西单宏庙实验小学"……屡易其名,直到1958年名为"北京市西城区宏庙小学"才算稳定下来),可是,在我们居住的那一块,谁都知道"宏庙小学"是好学校,为了让孩子上一个好学校,每家的首选都是"宏庙小学",然后是"兵马司胡同小学",最后是"丰盛胡同小学"。孩子如果考上了"宏庙小学"就有可能考上"男四中""师大女附中"。兄长高兴地计划着:"将来让老三考'外语学院附中'可以直升'外语学院'让她学西班牙语。"父亲、母亲和兄长都觉得老三是个"有前途"的孩子。

在宏庙小学，老三不负众望地当了"班长"，在我们家，这是破纪录的事情。她的记分册上，各门功课大多数都是"五分"，"操行评定"也是"优"，每年都有一大串好的"评语"。开家长会的时候，老师说她"公正""有魄力"，能"管得住男学生"，这让父亲和母亲对她另眼看待。

母亲不止一次地对我说："齐瞎子给我算命，说我有一个最好的女儿，可能就是老三了，这个孩子将来可能有出息。"我点点头，为了母亲能够和我有"大人"式的谈话感到欣慰，同时也暗暗地有点伤心，为了齐瞎子说的"最好的女儿"并不是我。

1966年"文化大革命"开始的时候，老三在宏庙小学上六年级，之后在"文化大革命"中升入四十二中（原来的女九中）上初中，她跟随着全家都陷入了危机：

兄长从1959年大学毕业以后，已经远在外地（先是在重庆郭家沱的兵工厂，然后调到河北邯郸的兵工厂）工作，由于出身和在政治运动中的"问题"以及父亲的"历史问题"而自顾不暇。

我在北京大学参加"文化大革命"，三年之后的1968年年底，被"分配"到新疆军区的解放军农场去种地。

父亲和母亲先是自身难保，每天都祈望"不要被斗""不要被抄家"；后来为了三天之内送走了两个女儿（老二是1968年12月20日出发去山西省阳高县王官屯公社"插队落户"；我是23日出发去新疆解放军农场"接受工农兵的再教育"）而心力交瘁；再后来就是在两个人都五十开外的时候，带着两个小女儿一起离开北京城，重新变成了"农民"……

1969 年 8 月 1 日老三跟随父亲和母亲下乡落户，当时她十七岁，正处在会做梦的"青春期"，她几乎是还没有来得及"做梦"，就跌进了"现实"的泥坑，几乎没有人（包括她自己）再想起老三全部泡汤的"前途"。

后来听母亲说：老三干活不会"藏奸耍滑"，她到了生产队从第二天起就和父亲一起下了地，她从一开始就是女社员中的一等劳动力，被评了"一等工分"，虽然新社会讲究男女平等，可同样是"一等工分"，男劳力每天十分女劳力八分，母亲说，每天下工回家，老三的衣服都像是刚刚从水里捞出来的一样。

从 1969 年 8 月到 1972 年 8 月的三年之中，老三成为家里的顶梁柱：父亲年过半百，只有"四等工分"，母亲身体不好，哥哥和姐姐远在天边，妹妹上了流村中学的高中……老三没有别的选择。

父亲保留下来的 1969 年"昌平县流村公社新村大队第二生产队"的《投资及预分手册》上面，记载了父亲和老三支撑的、下乡第一年（五个月）的家庭收支：

前面说过，父亲和老三（五个月）的报酬是一百八十块八毛四。父亲、母亲、老三、老四（五个月）共计支出：二百六十二块七毛四（其中包括：生产队分给四个人的"基本口粮"一千五百六十二斤，合粮款一百七十三块八毛四。分菜、分柿子、电费等其他日用开支八十八块九）……

父亲和老三从生产队挣的这一百八十块八毛四，是两个人五个月的劳动所得，那是父亲和老三一生之中劳动力的廉价之最，当时的农民都是这样。

1974 年 3 月，当我辗转从新疆、隆化，回到北京的时候，老三已经到了新壁街煤厂。她虽然是跟随父亲和母亲一起上山下乡，可是按照"政策"，她是"1969 年四十二中的初中毕业生"，属于"知识青年"，所以，在 1972 年的秋天，她被分配去了煤厂，算是给她这个"知青""安排工作"了，"煤黑子"比"锄地"虽然强不了多少，可是"城市"总比"农村"强，"挣工资"总比"挣工分"强。她仍然是"没有别的选择"，那年她二十二岁。

在煤厂，她开始是在流水线卸煤，后来管卖煤，再后来又卖煤又卖煤气罐，再再后来就做业务员，管账、管开票，也管卖煤气罐。

我第一次去看她的时候，觉得她对这份工作冷淡而尽职，没有高兴，也没有不高兴。因为煤厂人手少，每个人也是什么都干，她做过用铁夹子从流水线上往下卸轧好的蜂窝煤的活，那活儿不好干，劲儿不能使得太大，也不能太小，劲儿太大就把蜂窝煤夹碎了，劲儿太小夹不起来。流水在线的蜂窝煤会源源不断地来到面前，所以不能停手，如果一停手蜂窝煤就会从流水线滚下来摔碎，老三说："干一天，连胳膊都抬不起来。"我见过她从汽车上卸煤气罐，一个煤气罐净重十六至十七公斤，装满气是六十多公斤，一车煤气罐五十个,我曾经眼看着她卸罐,先是把煤气罐从汽车上提起来,悠到罐库前面的平台上,再一罐一罐拖到罐库里,使的都是腰上的劲儿。妹妹说:他们厂的"工伤"都是伤了腰,这些话让我总是为她担心……

见面时,我们都不提这份工作好不好,因为谁都知道"好和不好"都是比较而言,在一个没有选择、没有可能、没有自己的年代,没有"门路"的普通百姓只有无奈。

她住在一间小屋子里,一张床、干净的被子和褥子、一个茶几、一个方凳,都是家里的旧物,加上一个单眼煤气灶、一个小铝锅,就是她全部的生活了。

她说:一个"煤铺"一共两个人,一个人负责"开票",一个人负责"付煤""付罐",开票的也不能不帮着付煤和付罐。她的工资是每月三十六元,交给父母二十元。

她说,她管的"账"可以做到"一分钱都不错"。

她说,她在"西城煤炭管理处"的宣传队里打扬琴,北京曲艺团的唐玄默是她的扬琴老师。

她对扬琴非常上心,每天除了上班,就在煤铺后面的半间小屋里练琴。每次我去看她的时候,都是到煤铺后面去找她,远远地就能听到琴声飘来。那琴声虽然说不上"悠扬",却是越来越"熟练"和"准确"。我不知道她是不是"喜欢"扬琴,也不能判断她是否有音乐"天赋",只是觉得她是靠"努力"和"毅力",希望靠扬琴改变命运——她希望自己有一天可以离开煤厂进入文工团,而在当时，这被认为是唯一可行的、能够离开煤厂的路。每当老三抬起额头上、两腮上沾着很多煤灰的脸，抬起聚集了许多希望的眼光问我"有没有进步？"的时候，我都会真诚地说："有进步，真的。"

老三和另一个叫作侯鸥的拉提琴的女孩子希望着：拉好提琴、打好扬琴，考上"文工团"，她们商议着："一个一个的去考，不然，要是两个人一起考上了，煤厂肯定不放人。"有一年，侯鸥还真的考上了总政文工团、煤矿文工团，可是调令下来之后，煤厂真的"不放人"，还是走不了。她们为能够"考上专业文工团"而长久地兴奋，觉得"不放人"的事情是慢慢可以改变的，所以她们依然天天努力、一次一次地尝试，依然一起做着青天白日"黄粱梦"。

老三的扬琴从 1972 年的秋天一直敲到 1977 年的冬天，她和侯鸥始终没有能够如愿以偿，最后还是"高考"救了她们。"打扬琴"和"文工团"作为一个"梦想"，陪伴着她度过了五年多的"煤黑子"青春岁月，也许是命运的安排。

1977 年的冬天，"文化大革命"之后的第一次高考开始实施，这个消息使我们全家都为二十五岁的老三兴奋至极，尤其是父亲母亲和我。

为了报考文科、理科还是外语，记得我们一起在健斋来回考虑，设想利弊：老三的文化程度实际上只有"宏庙小学六年级"，"文革"中在四十二中读的初中等于没有学习过数理化，外语在四十二中倒是学过几句，还记得当时母亲故意编派说："老三的英语，一个学期就那么几句，'狼来了前门冒'（Longlive Chairman Mao）连我都会了。"可是如果考外语学院，肯定考不过初、高中的老三届，兄长说过的西班牙语也就不用去痴心妄想了，剩下的就只能考文科了。

当时，我为她设想的"前途"是"中学老师"，因为我是北大中文系毕业，亦不过是中学老师，她能有什么更好的前景呢？中学老师总比"煤黑子"强吧？可是我觉得当语文老师不怎么好，教材年年更换，讲课还得紧跟形势，批改作文、当班主任都是躲不开的差使，批改作文还没有什么，班主任却难当，不如去当个"历史老师"，历史老师是"科任"，可以不当班主任，而且，历史是"不变"的知识，几年下来，就可以不用备课了，对！就考历史系吧！

当时，我已经有了十年的"处世"和"工作"经验，考虑问题已经很实际，既不再像十年前那样觉得学习"文学"比学习"历史"浪漫，也不再有相信"重在表现"、相信"自己的出身不能选择，走什么道路可以选择"的幻想，当时我在北大附中教高三，可以很容易找到各科的课本、复习提纲和可以解答问题的同事，这条路最有可行性，我根本就没有问过老三自己究竟"喜欢"什么，就为她决定了报考"历史系"以及今后的前途。好在老三懵懵懂懂，连"系"是什么都不知道，她对我的考虑只是点头。

填写"报考志愿"的那天，正好北大中文系的老师倪其心先生在我们家和洪子诚聊天，填表的时候，倪其心先生说："历史有什么好学的？学中文！"拿过我手里的笔就给老三填上了"中文系"，洪子诚笑嘻嘻地看着我们，好像他们俩很默契。

在这次高考中，命中率最高的是1966年的初、高中"老三届"，这六届毕业生之中的藏龙卧虎，从全国的各个角落里钻出来，搭上了这班车，老三的"落榜"也只能说是在希望之外和意料之中了……

半年之后的1978年暑假，又传来第二次高考举行的消息。北大的教师一厢情愿地议论着：是不是从1966到1977年，十多年没有正式的大学毕业生填充全国的文化部门和机构，因而在政府机构的运转上出现断档？是不是"工农兵占领上层建筑"的做法碰了壁？……无论如何，对于老三和千千万万的知识青年来说，这是个好消息。

这一年，出现了很多的"分校"，"北大分校"也就应运而生了。"北大分校中文系"的系主任是北大中文系的宋祥瑞先生，课程"克隆"自北大中文系，北大中文系的老师们"抬课"（一门课由几个老师分段上）……老三在1978年考上了"北大分校"的中文系，这一届是在1979年春季始业。

接到通知的时候，我第一次发现，老三有着发自内心的笑容，那笑容非常灿烂，似乎她经历过的一切艰难困苦全都得到了"补偿"……那年她二十六岁，已经有过十年的"工作经验"（三年插队、七年煤厂）。这十年，教给了她一生的生活经验：什么是"贫下中农"，什么是"与贫下中农相结合"，什么是"工人阶级"，什么是"工人阶级领导一切"，什么是没有钱买酱油，什么是"父母与儿女"……好在一切都已经重新开始。

老三上大学这件事，成了那一年之中我们家最大的"大事"，这件大事给父亲和母亲带来的"兴奋"或者说简直是"幸福"之感，完全淹没了他们自己在晚年将要面临的种种"苦难"。

母亲说，她听到老三考上大学的消息以后，一夜没有合眼……母亲一次一次地叙述着、感叹着：老三在煤场一边上班，一边准备高考，没有假期，老三为了复习功课，向她的同事"借了"半年的星期日，半年之内，两次高考，没有休假，老三一直过着日夜兼程的日子。

母亲说，在老三准备高考的时候，她给老三做了很多菜包子，让父亲骑车进城送到新壁街煤厂老三的宿舍，为的是可以让女儿节省去食堂的时间。一个星期之后，父亲又去看女儿，女儿抱着书在看，匆匆地说："妈妈的包子真好吃，我吃了一个礼拜了。"说完又去看书。父亲把剩下的已经发馊的包子扔掉，换上新的，然后悄悄地离去……回家之后对母亲落泪说："老三一定能考上。"

母亲说，老三已经必须配眼镜了，老三屋子里的灯泡只有二十五度，可能太暗了……高考一年，老三的眼睛就弄坏了……

在北大分校，老三的学习非常努力，常常是"三好生"，她的功课，凡是可以"力致"的，都得到最好的成绩。

1982 年年底，老三毕业（北大分校中文系是四年制），被分配到北京市政协，北京市政协是个"好单位"：地点就设在中山公园里面社稷坛五色土北中山堂后面的那排房子的最东边，工作清闲、挣钱不少、接触名人，可是，老三没觉得这样好，她想当大学老师。后来她调到"冶金机电学院"（后来的北方工业大学），再后来她结婚了，1985年调到丈夫所在的人民大学的汉语中心。

从那时候起，她的一生才算是真正"重新开始"了，那年她三十三岁。

从1966年她十四岁到1978年她二十六岁，老三的"豆蔻年华"和"青春时代"是在"文化大革命""北流村插队落户""新壁街煤厂卖煤"中度过的，那个年代所有的"阳光灿烂"，她一样也没落下，她真是一个"不幸"的"幸运儿"……

说她是"幸运儿"倒也不假：她们毕业的八十年代之初，全国的国家机关、大学和文化单位都严重缺人，她的同学们发迹的人不少：在电视台的不缺钱、在机关的不缺权、在学校的已经是资深教师，在报社的如今也已经熬到了主编、主笔……而老三能够在人民大学汉语中心执教并成为一个优秀的教师，也算是命运对她的补偿……

老天是公平的！

我所看到的父亲和母亲的北流村生活

1970年夏天，我结束了解放军农场的"再教育"生活，被"再分配"到乌鲁木齐市西郊的新疆"八钢中学"（八一钢铁厂子女中学）当中学老师，那年的暑假是我1968年年底离开北京之后第一次回家探亲。父亲到南口火车站去接我，我在火车上一眼就看见了父亲，不知不觉要落泪。一年半不见，父亲老了很多，头上一顶破草帽，衬衫和裤子上都打着补丁，和周围的农民没有什么两样，可是身体和精神还都不错——父亲的心够得上"宽阔"。

父亲用自行车驮着我走了二十多里路到了北流村，父亲和母亲的"新家"：三间北房，两明一暗。父亲告诉我，两间是村里安置下乡人员盖的，一间是父母自己花钱加盖的。两级台阶、洁净的玻璃窗，院子里靠南墙有五棵香椿树，中间是一棵桃树、一棵苹果树，树下种着蔬菜，墙上爬满了南瓜秧、豆角秧……父亲说：桃树和苹果树都是好品种，那是在南口农场二分场工作的老邻居靳维新给淘换的，父亲最喜欢吃桃，苹果树是给母亲种的。西北角还有一个装满秫秸、杂品、农具的小棚子，水缸里装满了水，小棚子隔壁是猪圈，猪圈南边是厕所。屋子里，床上铺着补了补丁却干净的床单，扫得干干净净的黄土地面……屋里屋外处处都透露出父亲和母亲的勤劳用心和长远打算。

母亲说，如果家里想买城里卖的日用品、副食品、同仁堂的药、内联升的鞋，仍然是父亲请假进城一天往返，他仍旧像当年去蓟县一样，清晨早早出发，晚上摸黑到家，这样也避免了农村好事邻居的七嘴八舌……

母亲很知足，说是："喜欢这三间北房，在兵马司十七年都是住西晒的东房和潮湿的南房，住够了……"

"不用天天为了粮食和煤球着急，即使这里没有青菜吃也没有关系……"

"身边没有了纪婆子的监视，心里好豁亮！"

"你爸辛苦，碰上锄一天地回来，全身都让汗湿透了，只有衬衫下面的边儿是干的，回家就喝一大杯凉开水，老三干活不会偷懒，评的是一等劳动力，总也不歇工……"

"村里的农民对你爸挺客气，过年的时候，全村都是你爸给写对联，你爸还特认真，一个字写得不好就撕了重写，年底得买一大沓子红纸往里贴，其实那些农民也不认字……"母亲笑着从抽屉里找出父亲拟的对联给我看：

祖国山河千古秀　公社田园四季青

东风浩荡红旗舞　山花烂漫凯歌扬

新人新事新风尚　新山新水新气象

新社会新风尚无限美好　新夫妇新思想质量优良

伉俪情笃恩深似海　抓纲治国夫妻同心

…………

横批有"形势大好""红心向党""喜气盈盈"什么的，可以随便搭配着用。

父亲说，农村最好的地方是不用总是交代问题，公社和派出所都不管你，只要是好好干活，队干部没人找寻（故意挑刺）你，爱占小便宜和不厚道的人虽然不少，离他们远点就行了。当时二老给我的感觉是：北流村的生活比兵马司的日子安定平和。母亲有缝纫机，还经常帮农民做点简单活计，打补丁什么的。

一年半之后的1972年的1月至8月，我有了七个月的时间待在家里，切身体验了父亲和母亲的农村生活之后，才感觉到自己多年来，已经忘记了父亲和母亲不愿意对儿女述说困难和困境，遇到事情都是自己"扛着"的脾性，而习惯了父母的轻描淡写，不曾设身处地地为他们着想。

那一次因为是在新疆遇到了"非常"事件（被流氓同事袭击），在八钢中学老领导阴树立主任的默许之下，我带着所有的行李逃回到父亲和母亲的身边，仍然是父亲骑着自行车到南口火车站去接我，把我驮回了家……

我在八钢中学的每个月六十五元工资被停发了，这不仅意味着我马上就没有了吃饭的钱，而且也立刻打乱了父亲和母亲正常运转的生活，家里的进项只剩下了兄长的十块钱（父亲的政策是：没结婚的孩子参加了工作之后对家里全力以赴，结了婚的每月寄给家里十元钱），而且每个月还要给山西的妹妹五元，家里买柴、买煤、买油、买盐的钱也就都没有了着落……

可是，在我进家之后，父亲和母亲仍然安慰我说："不用难受，只要我们有吃的，就有你吃的，天无绝人之路。"

当我自己有了女儿、有了无穷无尽的牵挂之后我才明白了：父亲和母亲对于儿女的恩泽和荫庇是不计回报的，他们所做的一切几乎都是出于本能……这时候我才明白了为什么古语说是：不养儿不知道父母恩。

不久，我发现自己怀了孕，我开始到屋子后面的北河套跑步、跳绳、做操……希望甩掉这个包袱，母亲常常站在北河套的坎上默默地看着我……然而，一切都没有用处，我想不明白：为什么别人动不动就流产，我这个孩子是怎么回事啊？难不成他抓紧了我的肠子死活不撒手？……直到有一天洪子诚来看我，说："既然是来了就要了吧！你说呢？"我才停止了跑步。

乡下的家里没有菜、没有油，父亲和母亲的一点细粮都让给我吃，妹妹们到山沟里去给我寻摘剩下的山楂……春天来了却没有给我带来好心情。

昌平乡下的井没有井栏，冬天，井口四周的土坡上结满了冰，家里的水桶太大，父亲和老三每天都要挑满水缸，母亲每天都担心地嘱咐父亲和老三："半桶半桶的挑，小心！别掉到井里……"

父亲借了独轮车去大队买垫猪圈的黄土，父亲不会推独轮车，所以在回家的路上不断地翻倒……

父亲起猪圈，母亲和老三往外运粪、往里提土，白发苍苍、步履蹒跚的父亲和母亲一个在猪圈里，一个在猪圈外……

父亲和母亲推碾子轧玉米渣，为了节省几分钱一斤的加工费……

栽白薯是女劳力的活，二等、三等劳力会被分配运秧、栽秧，而一等劳动力要干最重的，往白薯地里挑水的活。从村里的水渠到白薯地最少是六里地，往返一趟是十二里，一天下来要挑四趟，总共四十八里地。我们家的那副水桶是全队最大的一副，盛满水得一百六十斤开外——本来父亲觉得，家里挑水买两个大水桶可以少挑两次，结果却害了女儿……每年栽白薯都要干差不多三个星期，老三从不歇工……每次收工回来，老三都累得靠着床坐在地上一句话都不说，然后吃一大块咸菜（家里没有什么可吃的东西）、喝一大碗白开水，母亲默默地看着女儿，不知道自己可以做什么、可以说什么……

有一次，寄养在父母家的哥哥的女儿发烧，母亲不敢让"赤脚医生"下药，就差老三歇工带着小梦宇去高崖口的解放军医院看病，特地交给老三两毛钱，让她们往返坐公共汽车。傍晚，老三背着孩子回来了，把两毛钱交还给母亲——她是背着哥哥的孩子去高崖口的！往返三十多里地啊……母亲望着女儿的背影只觉得"心疼"。

自从我回家以后，母亲收起了酱油瓶，酱油被列入了可以节约的开支，父亲没有再去南口农场买牛奶和苹果，牛奶和苹果被列为奢侈品……

每次收到兄长寄来的钱，父亲都骑车到高崖口邮局去取，然后当即转寄五块钱给二妹……用剩下的五块钱买回一块肥肉膘炼成油炒菜用……

这样的日子过了整整七个月，我才收到了新疆八一钢铁厂允许我调到河北省隆化县存瑞中学的通知，重新有了工资，这工资不是六十五元而是四十五元，新疆与内地河北之间的"地区差价"是二十元……

在这七个月中，我看见了父亲、母亲和老三在乡下的日子，其中的艰难困苦让我懂得了父亲和母亲这两年是怎么过来的，什么叫作"城乡差别"！即使是到了那一步，父亲和母亲还在供二妹在山西上大同师范，供最小的妹妹在公社的学校里上高中……

直到这个时候我才明白了，在我停发了工资跑回家的时候，父亲和母亲对我的"安慰"和"接纳"背后，是一种怎样的付出……

下乡三年之后，老三回城进了新壁街煤厂，五年之后小妹回城到市总工会资料室……父亲和母亲如释重负：两个女儿都回了北京有了工作，他们觉得上山下乡"挺值"，他们没有想到自己为此付出的代价是什么……

在两个妹妹以"知识青年"的身份相继回城之后，父亲和母亲仍然留在北流村，从 1969 到 1978 年年底几乎是整整十年，父亲从五十岁历练到五十九岁，他已经可以应付所有的农活，仍然是"四等工分"，仍然是一如既往地勤勉努力，无事不歇工，他生性通达，没有怨天尤人的习惯。

1979 年，国家出台的新政策是：允许 1969 年"上山下乡"而今已经"丧失劳动力"的，而且"城里有住处"的城市居民"回城"，允许城市居民回城的政策中还有规定：下乡城市居民自己花钱置下的房子、院墙之类不动产都由当地乡官作价，由国家发还给回城的人。

在父母提出申请之后不久，昌平县分管这件事的民政局一个姓冯的乡官就来到父母的家，他很直接地说：他掌管回城人员在农村的财产"作价"，他已经通知大队，把父亲和母亲自己花钱盖的一间房、垒的院墙、院门、盖的猪圈、厕所、种的果树一起"作价四百元"，他对父亲和母亲说："给你作价四百元就不少，你那些东西我也可以给你作价三百五十块钱……"之后就提出了他想要我家的煤气灶……

父亲出示了所有的花费单据（包括自盖房一间四百七十一元、垒墙花费一百六十九元、政府盖房两间之后的花费，包括门窗、铁件、抹灰、玻璃等等一百零二元、果树八棵香椿树五棵五十元等）提出了作价的不合理，父亲还没有来得及考虑煤气灶问题，甚至于还对于冯乡官的来意不甚明了的时候，冯乡官就愤愤地拂袖而去了……

当时农村没有煤气灶，城里的煤气灶也是按户口配给的，为了解决父亲和母亲在农村的烧煤问题，已经在新壁街煤厂工作的三妹就把自己的那一副给了父亲和母亲。这样即使父亲每隔一两个月就要驮着空煤气罐，骑车进城换回装满气的煤气罐，也觉得比论卡车买煤运到农村方便了许多，也便宜许多。当时我们家的煤气灶被许多农村人羡慕不已，居然这位冯乡官也看中了这个煤气灶，而且他觉得他"有权"决定占有一个"想要回城的人"的煤气灶。

冯乡官走后，父亲和母亲商议良久，觉得回城之后也还是要过日子，煤气灶如果给了冯乡官，自家怎么办呢？没有办法的后果是，父亲和母亲的房产作价从"四百元"变成了"三百五十元"，父亲和母亲仍然是没有办法，只能办了手续。

醒悟之后的父亲和母亲才想到：那天冯乡官是晚上来的，骑着自行车带着绳子，可能是当时就想摸黑把煤气灶拉走。

父亲和母亲又一次开始清理在北流村十年间置办的乡下财产，送的送、扔的扔、卖的卖，回到北京住进了老三用大妹的一间房换的十平方米的小东屋，这间房的门前紧对着一座南屋的山墙，挡住了小东屋的四季阳光……

1979那一年父亲六十岁，母亲六十三岁。

在后来的许多年，我慢慢地知道了，父亲和母亲在北流村度过的十年岁月和他们不为人知的所有的艰难和感受，都远远不是这样短短的文字所能概括和传达的。

七　回城之后

（1979—2004 年）

1979 年，父亲和母亲重新回到了北京城，住进了十平方米的一间被山墙遮挡终年不见阳光的小东屋，旁边六平方米的空地上自建的一间小屋子，是老三的住处和厨房，那里是西城区高碑胡同 35 号，新壁街煤厂的宿舍。

父亲回城之后，又在北京生活了二十六年，一直到最后，父亲都没有过退休、没有过养老、没有过颐养天年、没有过无所事事——两年多的临时工、十二年的个体户、十一年的股票生涯……父亲在忙碌中走完了自己的人生之路，比母亲多活了十一年。

两年多的"临时工"

父亲和母亲在乡下的时候，"文革"结束了，中国进入了改革开放的年代。

改革开放的口号似乎预示着什么，也许父亲和母亲能够回城本身就是改革开放的派生物？然而作为普通百姓的父母还是要靠卖力气挣钱吃饭，在这一点上，他们的生活没有什么变化。

回城之后，父亲又一次在办事处管辖下做临时工，经过了十年岁月的流逝、世事更替之后，父亲感觉到的是办事处办公人员态度的和缓，分派工作时的用语也有改变，口头上也不再挂着"阶级路线"之类的名词，各方面的"控制"也放松了。

父亲找到人民医院的旧关系，凭着他勤勉努力的口碑，人民医院管后勤的头儿（领导）特地到父亲所属的办事处指名提出录用父亲，父亲在人民医院就成了长期的临时工，春、夏、秋三季做水暖工，冬天烧锅炉。

父亲说，这次进人民医院他不再是"壮工"和"小工"，他成了"技术工"，每天有两块多钱的报酬，也就是说，父亲一个月可以有六十多元的收入。人民医院所有的地方（包括门诊、病房、手术室、厕所、水房、食堂）的上下水和暖气都归"后勤"管，也是诸事多多，哪里的水管子堵了，哪里的下水道不通了，手术室的温度不够了，一个电话打过来，立刻就得有人去解决，后勤的人都是这样的救火队员，父亲一直在第一线。

忘记了是1978年还是1979年的春节前夕，我到新街口人民医院宿舍楼的锅炉房去看父亲，掀起厚厚的棉门帘一看，父亲正在往打开铁门的大锅炉里面加煤。炉膛大开的锅炉里面是橙红色熊熊燃烧的大火，父亲正手握着铲满了煤的大铁锹，先是侧身往后一撤然后往前一送，一锹煤就像是一个包裹一样，整体飞进了炉膛。父亲只穿着一件单裤，头上冒着热气，脸颊上全是汗水，衣服后背上是湿湿的汗和一圈圈的汗碱，父亲手中的方形大铁锹用得纯熟准确，应该是在生产队练下的功夫……父亲一边和我说话一边时不时地查看温度计，父亲还告诉我，兄长的第二个女友（那个人民医院手术室的护士）就住在这栋楼里，她已经结婚，不再和父亲提起兄长，父亲说：她总是主动和父亲打招呼，人前人后都是称呼父亲和母亲"伯父""伯母"，并不嫌弃父亲的地位低下……在父亲离开人民医院以后，她和我们家仍然是像亲戚一样来往走动，一直到母亲在人民医院去世，医院的上上下下都是她在帮助我们打点疏通……

父亲和母亲言传身教，教给了我们"与人为善"和"不成亲也不要成仇"，父亲常常说是"买卖不成仁义在"。

十二年的"个体户"

"个体户"是改革开放之后产生的新名词，与1950年代以来取消私有制以后产生的集体的有领导的单位相区别，如果在旧社会就叫作"做买卖"。

1981年，六十二岁的父亲辞去人民医院的临时工，打算自己做个体户，摆摊做买卖。

当时，父亲召集了我们大家开会，在宣布这一决定的时候，所有的儿女都反对他离开工作稳定而说起来也很"体面"的"单位"——人民医院，不同意父亲在六十二岁的时候去批发站拉货，去街头出摊，因为五个子女都已经有了工作，大家都觉得已经有能力赡养父母，大家都说摆摊太辛苦，内心里觉得父亲出摊我们也会面上无光……

在大家争论不休的时候，只有母亲没有说话，后来母亲告诉我：父亲在人民医院做临时工也有太多的酸辛，因为临时工在工人之中地位最低，冬天一个人烧锅炉还好，春夏秋三季维护上下水道，只要是大便池一堵，穿上胶靴戴上胶皮手套下便池用手去疏通的人一定是年纪最老的父亲，只因为他是"临时工"，父亲不愿意再忍受年纪比他的儿子还要小的正式工的使唤和欺侮……

父亲觉得他不怕个体户的辛苦，也不觉得摆摊丢人，母亲觉得父亲如果想做，就一定能够做好，他想做的事谁也拦不住……

父亲从北京市西城区的政府机构办了营业执照，对于摆摊的地点，父亲申请了六部口、和平门、长椿街街口……向领导表示：年纪大了希望离家近一点，结果离家近的地方都没戏，批准了最远的长椿街街口。

一开始父亲卖面包，一个面包能挣一分钱，一百个面包才挣一块钱，一天卖不了一百个面包，所以父亲一天也挣不了一块钱。

后来父亲听说卖水果比卖面包挣钱多，一试，果然如此。于是父亲又开始精神抖擞地蹬着平板三轮往来于海淀、长椿街和高碑胡同之间——从海淀区的"干鲜果批发市场"进货，拉着一筐筐水果回家，到家之后拆开筐，挑出坏的，把好的水果按质量和大小分类，分装在不同的纸箱里，在纸箱里插上写好价钱的硬纸壳卷标，然后拉到指定的长椿街街口摆摊，一年四季天天如此，在昼短夜长的冬天的晚上，父亲守着一灯如豆的电石灯，晚饭时候回到高碑胡同35号的家，母亲等着他吃晚饭……这样的日子过了五六年。

卖水果辛苦，一车水果五百多斤，从海淀拉到高碑胡同、长椿街，往返一百多里地，也是挺累的活计，从六十多岁往七十岁走的父亲应该是一年比一年觉得累。

到水果市场批发水果也有学问，如果送上一瓶酒或者一盒点心，就可以打开筐挑水果，退那些拣出来的烂水果也不会碰壁，父亲也学着别人那样做，可总是不习惯仰人鼻息。

父亲说曾经想过卖烟，卖烟利润大，活儿也轻省，可是一定要贿赂香烟批发站才可以得到好卖的烟，父亲觉得自己还是不行。

父亲也试过卖小百货和儿童玩具，可是家长领着孩子把拆开包装弄坏了的百货和玩具拿回来强行更换的也有的是，父亲不会打嘴架，更不会动粗，只好眼睁睁地看着大人把摊上陈列的货物拿走，一个七十多岁的老人家又有什么自卫的能力呢？父亲还是不行。

父亲在七十多岁开始卖花生米和瓜子，有三河县的小伙子把炒好的花生米和瓜子送到高碑胡同家中，父亲用批发价买下，然后用零售价卖出，赚取差价。

父亲严守着自定的两条标准，一是货干净，二是分量高，记得那些年我回家看望父亲和母亲的时候，经常看到母亲戴着老花镜俯身从装满瓜子的铜丝罗里面往外挑瘪瓜子和小小的土坷垃，父亲则用簸箕往外簸花生皮（父亲和母亲都有簸簸箕的功夫，那应该是来自刘各庄的家传），等到把花生米挑干净，把瓜子簸干净，父亲就到长椿街口去卖……父亲似乎没有觉察自己已经进入老年，也没有想过他到了应该休息的年龄……

女儿在 1989 年（父亲七十岁、母亲七十三岁）的 11 月 10 日给父亲和母亲写了一封信，信上写着：

姥姥、姥爷：

您们好。

期中考试结束了，我考得不很理想，不过请您们放心，我有信心学得更好。不能说我没努力，也许有些地方不太得法……

另外，妈妈这几次回来后都跟我讲，姥姥不太精神，总是有病的样子。听了这些我仔细想想，的确，前几次去看您们，不再是原来欢乐无忧的笑脸，而是一脸疲惫。

记得很早以前，姥爷一顿能吃六十个饺子，这个数字在我脑子里总是那么清晰，所以我心中的姥爷永远是强壮的、有力的、永远也不得病的姥爷。可是现在，看着姥爷每顿只吃那么一点，晚上只喝一点粥，很长很长时间我才省悟到您老了。在您那住时，看见您早晨那么早就起来去拉货，晚上天都黑了还在街上（摆摊），我心里总是不舒服。有时在马路上看见有的老人拉着一车什么东西，我总会想起您拉货时一定也很吃力，在夏天，我有时热得大汗满头，可想起您还要顶着太阳干活，尤其在冬天天黑得早，有时我走在晚上的寒风中冷得打哆嗦，可想起您要在风里站一天，天大黑了才往家赶，真的，每当我想起这些心里就很难受。

您们已经是七十多岁的老人了，按理说许多老人在这个年纪已经在悠闲自得地享福了，每天听听戏、遛遛公园，生活多么惬意，可是您还要干比我们，比您的晚辈们更重更累的活。记得上次到您那儿，您非常严肃地说："我现在真是懒了，早晨也不想起，人啊，真是一放松就变懒。"听了这句话，看着您真的挺愧疚的样子，我当时心里就特不是滋味儿。

真的，您对自己太苛求了，您干的已经超出了常人，可您还要求自己像小伙子一样干活，我想劝您两句：当您感到疲劳时千万不要硬顶，一定要休息好，否则搬那么重的筐、干那么累的活，您会累出病的。一想起您站在冰冷的街上伴着一盏孤灯的样子，就会让人心酸。我和妈妈都多么希望能让您们幸福，让您们没有忧虑，快乐地生活。

妈妈总是讲起您们的不易，从刘各庄搬到了北京，但好日子，您们真正享福的日子没有多久。解放后生活那么艰辛，可是您们硬撑着让孩子都上了学。我虽然无法体会那时的苦，可我能想象到您们是怎样支撑着这个家的。妈妈常跟我讲起她临去新疆时说的话：您们没有给她钱，但是您们给了您们所有的孩子以尽可能好的前途。

您们正直善良不屈不挠的品格不仅影响了我妈妈她们，也影响到我，有一段时间，我对人生的意义有摇摆不定的看法，可随着时间的推移，我越来越感到：无论面对怎样的社会，成功、失败是表面的东西，而一个人的品格才是永恒的，无论何时都要让自己的品格不被玷污，要保持最基本的质量，而不论这是否有利于自己，也许这就是您们常提起的"人品"吧！

在现在这鱼目混珠的世界里，姥爷办事的作风是那么难得，那么令人折服，我想您的做法会影响到妈妈她们乃至于我的。是的，您们当时是那么穷，女儿结婚时也没置下什么，可您们给予儿女的是最宝贵的东西。

妈妈虽然有很多缺点，可是她的强烈的正义感，敢作敢为的精神，真诚可靠的品质不能说没受到您们的影响，妈妈能奋斗到今天，固然有自己的努力，但假如当初家里困难时让妈妈去工作，那会分担许多您们肩膀上的重担，可是您们没有，您们给了我妈妈一个最好的前途。

后来二姨她们没有继续完成学业那是因为十年的耽误，否则，您们一定会给他们以最好的前途的，说起这些，您们给儿女的已经太多太多，您们已经把大半生都交给了儿女，为他们的生存前途而奋斗。上次我问姥爷："活着为了什么？"姥爷说："一为事业成功，二为抚养教育儿女，实际上第一条也是为第二条服务的，总而言之，就是要教育好子女。"听了这话我有些愕然了，真的，我还从没听说过这种对于人生意义的解释。现在想来，您们确实为自己的愿望在不停的奋斗，您们看着儿女一个个地成了家有了小孩，请您们想想，您们总是给予给予，难道还能让您们继续下去吗？您们抚养教育了子女，那么子女理所当然应该让您们舒心地过日子……

我还想提出一个妈妈和她们几个人和我的共同心愿：姥爷在适当的时候停止营业，如果您们愿意到我们家来当然更好，如果您们不愿意这样，我们帮您们收拾一下房子，也能让您们过几天舒心的日子。

……

真的，我想，如果您们没有什么伤神的事儿，每天在一起看书，听戏，那生活一定很美满，您们不会使这成为幻想吧？

祝

身体健康

喀喀

1989.11.10

这封信是 2004 年，八十五岁的父亲开始清理自己一生保存的信件的时候交给我的，当时他郑重地对我说："这封信是喀喀 1989 年年底给我们写的，我们俩不知道看了多少次，当时喀喀不让给你们看，现在给你吧，你的孩子不错!"那封信一共八页,四百字的稿纸写得满满的,信封上写着"请您们在四周无人时拆看,切记切记(等我妈妈走了再看)"显然是哪一次女儿和我一起去看望父亲和母亲的时候,悄悄交给他们的。

在读这封女儿十五年前写给姥姥姥爷的信的时候,我仍然禁不住泪水长流,女儿的信准确无误地传达了我们的心情,难得的是在她十六岁的时候,对于姥姥姥爷就有了这样真切的观察和体贴,足见父亲和母亲对于她的感化力和女儿的善良天性……

父亲很受感动,批语上写着,"看完孙子这封信,感到孩子善良,想得周密,对我们关心,大受感动无比亲切",这封信在十五年之后我才看到,是因为父亲和母亲一直恪守着女儿"保守秘密"的嘱咐。

即使是这样的不容易,相依为命的父亲和母亲也还是有快乐、有情趣,母亲一日三餐都会让父亲吃得饱、吃得好,让父亲一回家就可以换下汗湿的内衣;父亲从北京亨得利钟表店花三百八十三块钱给母亲买了她喜欢的欧米茄手表(当时我们的月工资也就是四五十块钱),母亲到死都戴在腕上;父亲从琉璃厂给母亲寻到一个玉雕,是一条骑在龟背上的龙(母亲属大龙,乌龟预示着长寿),母亲喜欢极了(揣在怀里,给每一个女儿看);秋天,父亲用三轮车载着母亲去香山看红叶,春天到卢沟桥上去数石狮子……在母亲生病的日子里,父亲还学会了做饭和在大水盆中洗衣服……

春去秋来，父亲在长椿街的街头出车摆摊十二年之后兴奋地宣布，他将要停止摆摊、交回营业执照，开始"做股票"。

这一次，谁也没有反对他。

七
回城之后

十一年的"老股票"

1990年上海证券市场开业。

1992年年底，父亲在北京的证券公司用一万块钱开了户，妹妹们也都攒钱入股。

从1993年开始，七十四岁的父亲不再出车，而是改成了每天坐在写字台后面，仔细阅读上海的《上海证券报》和北京的《中国证券报》，研究股市行情，每天都把他认为有前途的股票行情记录在笔记本上……

我放心地想：无论父亲能不能挣钱，只要他可以不去长椿街摆摊每天出车十来个钟头就好，他实在是年龄大了。可是，父亲好像并不是这样想的，他"认真"到几乎病态，开始是记录几十种股票的行情，后来发展到三百多种股票的行情涨落，他都可以倒背如流、侃侃而谈……

父亲用他几十年前的老经验对付新的股票市场，总是有点不对尺寸：买对了时机却错过了卖点；以"业绩"判断股票的好坏，却发现业绩也会造假；他看不起"今天买明天卖"的"短线"作风，却发现自己已经跌进了"庄家"

205

的陷阱……他一边为股票市场"不规范"而苦恼，一边不断地寻找新的策略……父亲在"不规范"和形形色色的"干预"和"干扰"之中，在长年不断的"熊市"中，还是为三个在他那儿投了资的妹妹挣了钱（十几万和二十几万不等）……"姜是老的辣"果然不假。

…………

从1993年到2004年9月20号，父亲在做了十一年股票之后，开始彻底"休息"……那年他八十五岁。

从2004年的9月20日父亲摔伤，到2005年6月12日父亲八十六岁离开这个世界，父亲休息了九个月（二百六十六天）。

在我的记忆中，这是父亲一生之中唯一的一次"长假"。

父亲一生都相信命运，因为齐瞎子说过，父亲的命运是"大成大败、多成多败"，这个说法成为他生命的一个支点，日后一直是支撑他心平气和地接受所有的磨难的力量。齐瞎子还说过，父亲最后可以"家产业就"，这个说法是他生命的另一个支点，这个"预言"支撑着他一直到八十五岁一病不起之前，还可以头脑清醒、思维清晰、坚持不懈地经营股票……

父亲也相信"大丈夫能屈能伸"，所以他的一生之中，有过做股票十二天挣三十两黄金的时候，也有做行商每次可以挣二三百元的时候，他跟车运石子当装卸工每月工资八十元，做临时工通下水道、烧锅炉、给瓦匠当和泥小工每天一块二毛钱，当个体户摆摊卖水果、花生米每个月挣一二百元，在农村锄地一天挣七个工分合三毛三分钱……任何时候的父亲都从不气馁，而且永远是全力以赴。

在我自己经历了五十岁之后，我才明白了五十岁下乡"做农民"对于一个老人来说意味着什么；在我年届六十岁的时候，我才知道了，父亲六十二岁辞去临时工，改做个体户、七十四岁开始做股票，需要怎样的勇气——父亲一生的勤勉努力和超常的勇气，都不是我们这一辈任何一个人可以做到的。

1993年是父亲和母亲的"钻石婚"，当时我和洪子诚还在日本，女儿带去一束北大校园的玫瑰，母亲把女儿搂在怀里……当女儿问："姥爷，您一辈子辛苦究竟是为了什么？"的时候，父亲毫不犹豫地说："为了把儿女养大，供他们念书。"女儿曾经不止一次地对我说起父亲对于人生意义的独特阐释和这样的阐释带给她的惊异。

从父亲那里我接受了勤勉认真的天性和理念，一生都是在认真对待每一件事，我相信做人的职责是对上赡养父母对下抚养儿女；做人的准则是只要勤勉努力就没有做不到的事情……父亲和母亲的品格，是我心中永远的财富，而理解父亲和母亲，需要我用一生的时间。

面对给了我生命和新的生活环境的父亲和母亲，我对他们只有尊敬……

八

母亲是树

父亲和母亲的婚姻是那个时代最看好的"姐弟婚"，给娇贵的儿子娶一个大几岁的媳妇，又是姐姐又是妈——"女大三抱金砖"是一个形象的比喻，也是站在男人一方的看法和叙述。

母亲说，哥哥两三岁的时候，街上卖甜瓜，哥哥拿着母亲给的两个大子儿，到街上买了一个大甜瓜。兴致勃勃抱着甜瓜刚一进门，迎面就碰上了父亲，哥哥举起甜瓜结结巴巴讨好地说："爸爸吃甜瓜！"父亲接过儿子手里的甜瓜，二话没说就不客气地啊呜啊呜吃起来，哥哥跟在后面，一直看着父亲把甜瓜吃得一干二净之后，才垂头丧气地回到母亲身边。母亲听了儿子的叙述，一边叹气一边又掏出两个大子儿给了含着眼泪的儿子，嘱咐他："再去买一个吧，这次从后门进来，别让你爸看见。"

这个故事让我觉得：做了父亲的父亲，似乎自己还没有脱掉孩子气，而做了母亲的母亲已经懂得为人之母，那时候，父亲十七岁，母亲二十。

"男主外、女主内"是中国的传统，也是父亲和母亲一生的分工原则，在我的记忆中，父亲终日是在外面奔波，而"家里"都是靠母亲维持着生活的运转；我们看惯了父亲每个月把钱交给母亲，母亲主持过日子，处理日常所有的问题，似乎母亲比父亲还有主见，我们有了事情都是找母亲拿主意……

母亲遇事有见识、有担当

"见识"就是人在生活中识事和办事的见解、主意、策略和态度，母亲的见识是我的亲历。

记得那是我初中毕业的 1960 年的暑假，当时的三十九中有十个初中毕业班，学校从五百多个毕业生中，拔出了一个金质奖章和两个银质奖章，按照当时教育部的规定，这些学生都有资格被保送到自己申请的学校去读高中。教政治的班主任伍老师找我谈话，她说："虽然你获得了银质奖章的荣誉，可以选择去好的学校读高中，可是你应该感谢母校对你的培养，你也可以'自愿'留下来，继续在三十九中上高中，将来考上好大学为母校争光……怎么样？你有什么打算？"面对伍老师的义正词严，我张口结舌了好一阵子才说："我妈想让我上师大女附中……"伍老师说："那明天我到你们家去和你妈谈一谈。"

回到家里，我对母亲学说了伍老师的话，并且告诉母亲明天伍老师要来家访，母亲说："知道了，咱们把家里收拾干净，别让人家笑话。"

第二天，伍老师到了我家，母亲客气而尊敬地请伍老师上坐、敬茶，然后就欠身坐在一边。伍老师仍然硬话软说，搬出了大道理，母亲微微一笑然后客气而坚决地说："您把我的女儿培养成了银质奖章，我非常感激，可是，我盼望女儿上师大女附中已经盼了三年，保送也是国家的政策规定，我们不能失去这个机会，再说，她到哪儿考上好大学，也是三十九中的光荣……"伍老师显然是事先对这个"家庭妇女"缺少思想准备，当时就有点无言以对，两个人又勉强地寒暄了几句之后，母亲就把表情不悦的伍老师送出了家门，第二天，伍老师给了我一张表格，让我填写保送志愿，没有再提家访的事……

事实上，从三十九中到师大女附中是我一生之中命运的转折，当年的母亲心知肚明。

1963 年在我高中毕业的时候，父亲的收入已经捉襟见肘，家里的生活已经是月月亏空的时候，父亲和母亲仍然咬着牙说是："家里无论多难，也供你们上学，你们能考到哪儿，我们就供到哪儿！"在那一年，我考进了北京大学中文系。

我得感谢父亲——在我初中毕业的时候，父亲没有让我去做学徒工以解燃眉之急，那时候，学徒工每个月可以挣十八块钱，三年出徒之后就可以挣到三十多块钱，对家中日趋窘困的生活也是不小的帮助呢。在我高中毕业的时候，父亲仍然支持我上了北京大学，而且知道北京大学的学制是五年。

我更得感谢母亲——母亲的思绪清楚，心明眼亮，知道自家可以做什么和能够做到哪一步，"北大毕业生"是母亲送给我的、一生受用不尽的礼物。

为了我考上北大，父亲和母亲都很高兴，我至今记得他们脸上辛酸的笑容，那笑容让我今天想起来还会心痛。

记得在"录取通知书"下来以后，母亲对我说："其实，你爸爸想让你上师范学院，师范学院四年毕业，不收饭费，还发钱可以买书，咱们家其实上不起北京大学，这一次你考上了北大，咱们就得靠助学金了，穿的、吃的都不用跟别人比，别人看不起也不用难受，把心一低，五年很快就过去了，等到大学毕业了，谁也不比谁低……"

我知道1963年年中在报考大学填志愿的时候，父亲和母亲讨论过师范学院和北京大学的问题，父亲说："报考师范学院吧！四年毕业，吃饭不要钱，每个月还发零用钱，咱们家有点供不起了。"母亲说："孩子要是有能力考上北大，就让她报北大，咱们支持她是为了将来不留遗憾，孩子也知道家里供不起，如果考上北大就让她申请助学金，考不上北大再上师范学院也不迟。"父亲后来就同意了母亲的道理……

在北大的日子里，母亲的预言一一实现，当我遇到公开和不公开的轻蔑的话语和目光的时候，是母亲的话一直温暖和支持着我，我才能度过去……

和父亲母亲一起度过的艰难岁月，让我从小就懂得了生活是什么，我向父亲学会了吃苦耐劳、勤勉努力，我向母亲学会了让自己遇事就"扛着"（有担当），然而却总是缺少母亲的见识和风度……

在后来的生活中，当我遇到困难需要决定弃取的时候，在无形之中常常会想：要是父亲和母亲会怎么做呢？

让女儿们懂得做人的规矩

在我做女儿的时候，教育子女是为人父母的责任，而接受父母的教育是受到社会支持的传统观念——"文革"之前，没有人对此发生过质疑。

上小学的时候，母亲常常对我们说：

女孩子要站有站相，坐有坐相，说话别指手画脚，让人家笑话。

女孩子别去串门子，别去听别人吵架骂街，泼妇骂街是缺乏教养。

大人说话时，孩子不要插嘴，那样做没教育，问你的时候你再说。

说话要看着对方的眼睛，仔细地听，用心地回答，心不在焉不礼貌。

要爱惜字纸，仓颉造字、蔡伦造纸都是圣人。

要爱惜粮食，一粥一饭来之不易。

过生日的时候，我们要给母亲磕头，父亲也说："儿的生日，娘的苦日。"

上中学的时候，母亲又常常对我们说：

女孩子要自重，自己不自重，别人就不会尊重你。

女孩子要要强，穿衣服别缺扣子，穿袜子别露出脚后跟，少玩一会儿就补上了，什么时候也是"笑破不笑补"。

说话做事要有尺寸，别让人家说你们"欠教育"。

人要说话算话，不想做的事情就别答应别人，人不能言而无信。

那时候，无论家里多穷，每个人都有一个牙刷，可是没有牙膏，我们早晚都是蘸着盐刷牙。

在每一个女儿将要成人的时候，母亲都会对她说："结婚是大事，别嫁错人。"至于怎么才能"不嫁错人"母亲却没有明说，我们也不好意思问她。

母亲偶尔会有意无意地说："男人得有点出息、要肯干、有担当"；"男人得可靠，不能见异思迁"；"要是他的学历比你还不如，你将来有可能看不起他"；"看一个人的本性，不能只是看他对你好不好，得看他对别人好不好"……

结婚之前，母亲嘱咐我：

不是在家里了，时时处处都要小心，别让人家说我和你爸对你们"没家教"。

别跟丈夫随便吵架，要是非吵不可就不能输。

别跟丈夫对骂，特别是别骂人家的父母，免得女婿不尊重我和你爸。

…………

我们结婚之后，每个月都不会忘记交给父母的钱，星期日要回家看望父母，过年过节要有所表示也就水到渠成地成了不成文的章程。

母亲态度文雅、谦和、有人缘、有朋友；母亲从来都衣衫整洁、一年四季鞋袜干净；母亲从来不串门子，不和街坊一起说三道四；母亲有口德，从来不在我们面前议论他人的是非；母亲从来不去谋划占小便宜，常常说是"吃亏就是占便宜。"——母亲时时处处都是我们做人的表率。

几十年过去了，在我们都体验过人生的冷和暖之后，再把母亲的话想一遍，才知道了母亲说的那些看起来平平常常的话，其实都是经过验证的"人生的道理"（人间其实也就是那么点"道理"），母亲说这些话是希望我们少走弯路，可是我们听的时候，有点心不在焉，也有点一知半解……

母亲的女儿们都没有母亲一般的大家闺秀的风度，在为人处事上都没有达到母亲的带有中庸意味的修养，有的学到了应变力，却缺少了母亲永远的与人为善与包容，我就距离母亲更远，凭着我对于父亲的偏执天性特别到位的继承，有时候为人上还会走偏锋……可是，我们都从母亲那里学到了做人的"规矩"，从小到老都不会没有章法，那已经成了我们秉性中的一部分。

时过境迁，而今轮到我对女儿贡献"关于婚姻的忠告"了，女儿除了依然也是一副心不在焉的样子之外，还多了几分不以为然……

父一辈子一辈、母一辈女一辈，循环往复都是这样的啊！

母亲的"模范扫盲教师"和"工作情结"

母亲书比父亲读得多，毛笔字也比父亲写得好。我能够背诵的第一首诗"南北山头多墓田，清明祭扫各纷然。纸灰飞作白蝴蝶，泪水染成红杜鹃。日落狐狸眠冢上，夜归儿女笑灯前。人生有酒须当醉，一滴何曾到九泉。"就是听到母亲在清明节吟诵时学会的，很久以后，我才知道那是《千家诗》中南宋人高翥的《清明日对酒》。

可是，她遗憾自己"没赶上新社会"，所以结婚之后就成了"家庭妇女"，她生过九个儿女，只剩下五个（一个儿子和四个女儿），此外就是无止无休的协助丈夫、抚养儿女……

几十年如一日，每个月母亲都是从父亲的手里接过钱过日子，而且还要遵守父亲的习惯——天天记账：酱油一毛、醋八分、煤球一块五，剩余几块几毛几……每天晚上出账是我们家的"晚课"，有时候"差账"了，我们全都有责任帮助母亲回忆，因为买东西经常是我们姐妹的事情。每当这个时候，我们母女都是相互启发着、挖空心思地想啊想，而父亲的脸色总是不好看——不是责怪母亲花钱不妥当，而是规定每天不能"差账"，他不明白为什么当天的那么点儿花销就记不清楚了……

这样的事情其实很是伤了母亲的自尊心，母亲觉得，如果自己挣钱就不用这样了……

母亲从心里并不重男轻女，在她的心里，只要好好念书努力工作，女儿不一定不如男儿。母亲不止一次地对我们说："老一辈的女人就是相夫教子，可是你们不一样，你们赶上了新社会，你们要是好好念书，将来就能够自己挣钱，和男人一样。"母亲觉得"新社会好，男女平等"。

"工作"是母亲的一个"梦"，她羡慕女人和男人一样天天上班、羡慕女人在公共汽车上不用每次买车票，而是掏出月票朝着售票员那么一晃，然后再把月票装进口袋……

1958 年，"大跃进"来了，街道上天天开会，动员家庭妇女们参加工作，不用说当时报纸上、广播里、街道干部们对于政治形势热情澎湃地宣讲，对于前景激动人心的描述，单只是可以"工作"，可以不再当"家庭妇女"这一项，就对母亲有足够的吸引力。

母亲首先就被选中当了街道上家庭妇女的"扫盲教师"，当母亲告诉我：她要跟我学习拼音，然后要去当"扫盲教师"的时候，我才发现母亲的脸上有着那么丰富的表情和笑意……

母亲用心而且会学习，在我的杂乱无章的教授之下，从来不曾接触拼音字母的母亲，很快就学会了拼音。之后的每天下午，母亲都是按时去给她的学生们上课……学生们称呼她"李老师"，这一定是她一生中的盼望和向往，我能感觉到母亲心里的快乐……她虽然并不耽误给我们做饭，可是我觉得她的心已经另有所属……

　　几个月之后的某一天，母亲带回一个白色的搪瓷茶缸，上面烧上了六个红色的大字——"优秀扫盲教师"，这是母亲唯一的一次"参加工作"，虽然短暂、虽然没有报酬，可那是对于母亲的一次"证明"……

　　这之后，记得父亲和母亲为了母亲能不能去"参加工作"细细地算过一笔账，最后的结论是：母亲挣的钱不够支出全家"吃食堂"和小妹的"托儿费"……母亲的工作梦也就结束了……那年母亲四十二岁，那是她做的最后一个白日梦……

　　大概是 1960 年，哥哥在重庆工作的时候来北京出差，他办完了事回重庆的时候，在北京买的汽车月票还没有到期。那时候，月票是有工作需要天天上班的人才会买的，对于我们家来说，月票是一种令人羡慕的消费品。

　　母亲在哥哥走后，从月票上仔细地撕下哥哥的照片，又小心地贴上自己的，然后就出发了，她说：她要去前门大栅栏的杨梅竹斜街看望她的三姨母，她已经好几年没有去看她了……傍晚，母亲回家了，悄悄地对我说：她被售票员查出来了，哥哥的月票被没收了……她很纳闷："为什么售票员不查别人单查我呢？是不是我不像是有工作的人呢？"母亲沮丧的主要原因好像并不是"被售票员查出来了"丢面子，而是自己"不像是有工作的人"……

　　后来，每当我们姐妹有了工作的时候，母亲都非常非常地高兴，她嘱咐每一个自己的女儿："好好干，能够自己挣钱，比什么都强……"我至今记得母亲热烈的眼光，从中读到母亲自己的"理想"在女儿身上实现时候的欣慰……

到了我有了女儿的时候，我已经在人生的经历之中，认同了母亲教给我的传统观念，可是，当我教导女儿的时候，却再也行不通了——她长时期的逆反心理加上毫无章法的新年代的新理念，伙同负载着新年代和新理念的报纸和媒体，合谋教育过来人"怎样做父母"。

经常感觉到对母亲自愧不如的我，越来越多地思念母亲的所有的一切……想起六十年代的困难时期、想起母亲的有决断有担当、想起母亲和父亲一起支撑着、荫蔽着把我们养大，在艰难困苦中，让我们都得到了可能的最好的教育，让我们都能够自立……

在我的心里，母亲是树。

每当我回想这一切的时候，母亲抱着妹妹，面带着含蓄的微笑，修饰整齐的眉毛，身穿着黄色的缎面旗袍，站在碧纱橱的棂条花格隔扇前的身影，总是最先出现在我的面前，就像是一幅永不褪色的油画。

九 父亲的哭泣

在我的记忆里，父亲有三次因我落泪。

第一次是在 1968 年 12 月，原因是我的大学分配。

第二次是 1978 年 8 月，因为我考上了研究生。

第三次是 1993 年 10 月 5 日，我从日本回北京，父亲到机场接我。

无言的泪——为了女儿将要远行

记忆中的 1968 年年末，由工宣队、军宣队主持的中文系 63 级的分配方案用大红纸写着黑字，贴在三十二楼中文系的男生宿舍，方案多半是只有省份，没有具体的地点和单位，比如：河北三名、内蒙古六名、山西七名、新疆三名……个别的比如"陕西渭南县二名"就算是引人注目的"好方案"了，因为起码可以知道自己将要去哪里，这样的方案早就有出身好的同学占下了，出身不好的自然也会很"自觉"地不去痴心妄想，他们只能找一个既适合自己的政治状况又有可能的报名方案。

分配的方式是自报公议、工宣队批准。

一开始我就想，我可能应该去山西，因为山西距离北京近，也就是离父母近，而且那地方又穷又苦，没人想占领，况且有七个名额，对于像我这样的人来说，可能性最大。可是当时的男友（同班同学）想去新疆，他说："口里（嘉峪关口以内）一条虫，新疆一条龙，在那里事业上会有大发展，去山西你就跟着永贵大叔种地吧。""永贵大叔"就是"文革"期间全国闻名的"农业学大寨"的"劳模"陈永贵。我觉得他的话也有道理，在父母和事业的矛盾之中，我同意了去新疆，于是他立即兴冲冲地去找工宣队报了名，新疆就成了我们的"志愿"，工宣队很高兴——新疆是远在天边的地方，三个名额原本不容易落实。

第二天，我反悔了，因为我觉得这个决定对于我的父母来说，将会是非常严重的打击。

我的父亲和母亲是那样的传统的父母，对于子女，就像是老母鸡照拂、看守小鸡一样，他们会受不了女儿跑到七千五百里地之外、火车要走七十八个小时的地方，那样的话，想见女儿一面就太难了，父母绝对不会同意这样的决定，我也无法向父母开口……

思来想去之后，我硬着头皮跑到工宣队那里，说是我想"改志愿"去山西，一个女工宣队员听了我的陈述，没有多问就同意我改成了去山西：反正新疆是边疆，山西是穷地方，都是没人想争的所在，除了河北，在分配方案里，山西算是离北京最近的地方了。河北在印象里不像山西那么穷得可怕，可是只有三个名额，班上还有家在河北的贫下中农子弟，我当然得不到。这样的情况，父亲和母亲肯定是可以理解的，他们也不怕儿女吃苦……从三十二楼出来，我的心里一阵轻松，觉得这样很好，离父亲母亲近我心里觉得踏实。

当天晚上，男友约我到二十六楼他的一对好朋友那里，他们三个人开始说服我，谈话内容全部是新疆怎么有前途，山西怎么没发展，向我晓之以理、动之以情……从傍晚七点谈到了深夜两点，真有点"逼、供、信"的味道。我的心一直在"事业"和"父母"之间摆动，我终于抵挡不住"事业"的吸引力，又一次点了头。之后，我们四个人就在那间像办公室一样的屋子里趴在桌子上睡着了……清晨时分，当我醒来时男朋友告诉我，他已经去过工宣队那里，已经把我的"志愿"从山西又改回了新疆。

上午，我忐忑不安地用公用电话给父母打了一个电话，告诉他们：我被分配去新疆（我不敢说是男友和我"志愿"去新疆）。当天下午，我的大表兄（舅父的大儿子）意外地出现在我的宿舍门前，他告诉我：父亲已经从家骑车到了北大，现在中关村汽车站等着我（后来我从母亲那里知道：胆小的、身背着"历史问题"包袱的父亲，自己不敢进入"文化大革命圣地"北大，特地到了舅舅家，要求我的大表兄与他一起做伴到北大，由大表兄到北大三十楼去找我，自己则在北大南门外面的中关村汽车站等着）。

大表兄的出现，使我感觉到事情的严重性已经超出了我的准备，我开始慌乱，想不出如何面对父亲。惶急之中，就让一个同宿舍的、自愿去新疆的女同学陪我一同去见父亲，记不清当时为什么这样做：是想要利用父亲在别人面前爱面子的弱点？是想要依靠这个对于新疆十分有好感的女同学帮助自己解围？还是为自己壮胆呢？

出了北大南门，老远就看到父亲推着自行车、戴着棉帽子站在路边，渐渐地能够看清他的脸了，我忽然觉得他的神情非常憔悴，和平时那个自信的，而且严厉得令人畏惧的父亲截然不同。父亲没有容我的女同学开口，就首先向那个女同学点点头笑了笑，然后对她说："我有事要跟么书仪说。"就打发她走了。等到女同学走远了，父亲叹了一口气对我说："能不能求求工宣队改改分配方案？咱们不去那么远，离家近点行不行？"我知道父亲没敢说自己"舍不得"女儿，那是因为分配边疆的"大道理"在当时的说法是"国家需要"，他不敢对抗"国家需要"；他也没有敢让我说"母亲需要照顾"，那是因为他自知是个"有历史问题"的人，没有资格提出这样的要求，他可能觉得只有试一试"乞求"这一条路了。父亲的眼光中已经透露出了"哀求"的神色……一刹那，我真的后悔极了，后悔我为什么又会同意了男朋友，放弃了能够使父亲母亲得到安慰、我自己也能安心的山西？可是，我还能再一次到工宣队那里去"改志愿"吗？那会是什么样的后果呢？工宣队对我还会像上次一样宽大吗？我不敢也不能想象……我只能硬着心肠、咬紧牙关嗫嚅地对父亲说："不能吧。"父亲当时就无言地流下了眼泪，又连忙用手擦去，然后就转过身骑上了自行车……

那是我生平第一次见到父亲落泪，父亲的泪水让我刻骨铭心。

之后的多少年中我都不断地想：父亲从兵马司骑车到北大几十里地，显然就是为了问我"能不能求求工宣队改改分配方案"，一路奔来就是为了证明一下"求求工宣队"的希望有没有可能实现，我的回答显然是让父亲感到绝望，我不知道父亲是不是骑车回家的一路上都在绝望地流泪？

多少年来，我一直为了我对于父亲的不诚实受到良心的责备，因为我的说法是有意让父亲觉得我去新疆是工宣队的强行"分配"，而父亲并不知道去新疆也可以算是我自己的"选择"啊……

一直到三十多年之后，我才有勇气向父亲详细地讲述了分配的全部过程，在受到父亲的宽恕之后，我的心才得到真正的宁静……

喜极而泣——为了女儿的"不易"

1978 年的到来，是在我已经大学毕业十年，已经做了八年半的中学教师之后。

我不热爱中学教师这个职业，是因为当时"卑贱者最聪明，高贵者最愚蠢"的最高指示已经深入人心，"臭老九"已经被批判得体无完肤，电影《反击》之中的"考教授"一场，那群在考场上愁眉苦脸的教授（当时，北大中文系也有教师奉命在这部电影中去做临时演员，教古典文学的陈贻焮先生曾经告诉我，导演让他们在考场上做"搔首踟蹰状"）在中学生的心里已经成为反面教员。"白卷状元"张铁生，以考"白卷"来抵制修正主义教育制度上大学特别受到中学生的欢迎，那是他们心仪的榜样。而那时候的中学教师天天要费尽口舌对付无理取闹的十几岁的半大孩子，天天被学生辱骂，实在是活得太没有尊严太没有意义了……所以，等到有了改变命运的可能的时候，我就像是抓到了一根救命的稻草，既报考了北大的研究生，也报考了中文系的"回炉班"。

辗转变化的结果是我被北师大录取之后，成了中国社会科学院研究生院的第一批研究生。

事情定下来之后，住在未名湖边健斋的我给父亲和母亲写了一封长信，倾诉了我在这一段时间里的不懈努力，我的所有感受，我的种种艰难，包括我在"回炉班"第二场考试时的"晕场"……然后说到我将去北师大做学生，住集体宿舍读书三年，女儿将上一年级，她的一切都只能由洪子诚一个人照管了……

后来听母亲说，接到我的信之后，母亲高兴得合不上嘴，父亲却手里拿着信哭出了声，母亲问："这不是好事吗？你怎么哭了呢？"父亲说："这个孩子太不容易了。"

母亲背地里向我叙述了这件事情之后，我的心里一热，忽然觉察到：父亲的心其实也有很细腻很感性的一面，只是他不愿意或者不轻易这样表现罢了。

哽咽和满眼的泪——为了对女儿的思念和担心

1991 年至 1993 年，洪子诚被国家教委派到日本的东京大学教养学部授课两年，作为"随行家属"，我也阔别北京将近两年。

1993 年 10 月 5 日抵达北京机场的时候，已是傍晚时分。先是看见跑过来的三个妹妹，寒暄过后，我才找到了父亲。父亲没怎么见老，脸色也很红润，只是迎着我的却是哽咽和满眼的泪水，我忍不住抱了抱父亲，他也轻轻地用双手拢了一下我的腰，这种亲密的举动在我和父亲之间是绝无仅有的一次，本来并没有悲伤的我的心，一下子变得沉重起来……

坐着汽车，回到我们在北大的住处蔚秀园 27 楼的五层楼，母亲已经等在屋子里，母亲瘦得很厉害，神情也有些异样，可是母亲没有哭，只是用很含蓄的眼光看着我。那天，母亲和我和女儿睡在一张床上，父亲骑车回了他在城里的高碑胡同 35 号的家，按照他的习惯，他不放心晚上家里没有人，第二天清早，父亲很早就过来接母亲回了家……

父亲的满眼的泪水和母亲的含蓄的眼光铭刻在我的心上，让我一直不能忘记，直到我进入六十岁的时候，我才明白了其中的内容：这两年的分别，对于当时已经七十二岁和七十五岁的父母来说，他们的感受很可能更多的是"沉重"和没有说出口的、对于是否还能活着看到女儿归来的难以预料的"忧心"。

突然我又想起在我出发去日本之前，与父亲、母亲话别的时候，母亲打开小柜子的锁，从里面摸出一把精致的白色的小瓷壶，悄悄地对我说："送给你，收起来，别给他们看见，我只有这一个。"在母亲送给我那个小瓷壶的时候，她的心里一定是百感交集，她一定是想到了自己有可能见不到女儿回国，她是把这件心爱的东西，当作"纪念品"递给我的，而这一切，我在很长的一段时间里，都不曾想到，也不曾明白。

父亲的泪水包含了多少对女儿的思念和担心，是我在后来的许多日子里一直在猜测着和理解着的——人对于父母的理解需要一生的时间，而如果你是个心里只有自己、自私而且粗心的人，你就会永远也不能理解父母对你的心和曾经有过的付出……

时至今日，我还经常痛恨自己：回国之后，为什么没有执意让母亲多住几日？为什么没有和她细话家常？为什么自己没有在第二天跟着父亲和母亲一起回家？为什么自己的心思更加关注自己回国之后要处理的事情？母亲和父亲当时一定是有很多话要和我说的……

抑制不住无助的泪——悼念亡妻和
老年的"无奈"

　　1994 年母亲的逝去，开始让我们频繁地看到父亲的哭泣：在医院、在太平间、在火葬场、在青龙桥墓地，父亲每一次面对母亲的灵魂都是号啕大哭。在母亲去世的最初五年，几乎每一年我们都要去"上坟"五次：清明、忌日、上元、寒衣、春节，父亲率领我们到坟前给母亲焚香、上供、磕头、烧纸。每一次看着父亲在母亲的坟前焚化一大包金纸锭（那是他一个一个叠起来的），看着父亲痛哭时擦不干的眼泪，看着父亲稀疏的白发在寒风中抖动……我们也都忍不住落泪，我们的泪经常更多的是因为看不了父亲的悲伤，而不只是对于母亲的追念。

　　小时候，我们从来没有见过父母之间有过亲密的话语和举动，可是，家里无论多穷，兵马司胡同 52 号母亲的东屋里，桌子上都会有双妹牌雪花膏和香粉、粉扑、口红，那是母亲的奢侈品；父亲还会给母亲买一毛五一个（当时，那是很高的价钱）的义利牌果子面包（面包里有核桃仁、葡萄干之类的果料）、同和居的烤馒头，那是母亲的所爱……长大以后我渐渐地明白了，那都是父亲对于母亲独特的"爱的表示"，母亲去世以后，父亲对于一起生活了整整一个甲子的母亲的亲情，全部化成了泪水长流。

　　然而，父亲仍然是"坚强"而"自立"的，母亲死后，他仍然选择了自己过日子，他学会了熬豆粥、包饺子、炖肉、炖鱼，炖肘子……他对我们说："我什么都行，不用你们管。"他的肘子炖得非常好吃，葱、姜、大料、酱油等调料，都是严格按照早年他在"肉食加工厂"做临时工的时候，记录下来的比例放置的。他用炖肘子招待我们，也把炖肘子带到青龙桥去给母亲"上供"。2003 年 5 月前后，北京闹"非典"的时候，父亲不让我们去看他，怕的是我们坐公共汽车会增加传染的机会。实际上，我们也怕自己身上的不洁会连累了年迈的父亲，有时候给他送去青菜，都只是放在门外。

我慢慢体会到，"人到中年百事哀"其实不假，那是因为他的机会越来越少，他的心理承受能力明显下降，而他的责任心却越来越多、越来越大。

人到老年就更加悲哀了，那是因为，他的儿女已经进入盛年，有自信却缺少历练，有勇气却缺少失败的经验，而此时，父母对子女的指挥已经失灵。

有时候，老人眼睁睁地看着眼前发生的一切却无可奈何，不愿意儿女为了自己曾经经历过的事情再一次付出代价，特别是无法弥补的惨重代价，这时候，父亲就越来越多地把他的"忧心"和"无奈"化成了泪水。

父亲最最担心的是他的唯一在外地的儿子，担心他因为择偶不良而生活不幸福，担心他的退休金太少生活贫困，有了病没钱医——1959 年毕业于北京工业学院的哥哥一直在军工工厂工作，他曾经是行业的功臣、专业领域内的骄子，而他的退休金当时只有八百九十四元。他担心那个一个人过日子的女儿将来会没有了下梢。他也为了几个女儿"关系不和"而难过，他希望一家人都感情融洽。他尽心尽力地为我的三个妹妹做股票，不厌其详地对她们讲述"买到最低价、卖到最高价"的原则和诀窍……让他做股票的女儿们都从他那里得到了钱、得到了有用的知识……父亲即使在遥遥无期的"熊市"，也为女儿们分别挣到了十几万、二十几万元钱，他没有等到"牛市"的到来，没有机会亲自证明自己的实际本事，父亲死后，妹妹们都在做股票，父亲的传授仍然是她们的看家本领……

在我的记忆中，父亲年轻时其实很少为了自己遇到的困境而落泪，他做行商、做装卸工、烧锅炉、修暖气管道、做和泥的小工、捡马粪、捡槐花、捡马齿菜、最后下乡去锄地……都是能屈能伸。

他一扣买卖挣过几条金子，一天小工挣过一块二毛钱，一天的工分也挣过三毛三分钱，可是父亲没有过怨天尤人，母亲说过："你姥姥说你爸爸心路宽，什么时候都是'小车不倒总往前推。'"他的一生都是推着这辆小车往前走，他以为生活的意义就是自己的责任，就是"挣钱"和"抚养子女"，为了养活我们供我们上学，他什么苦都能吃，只要能挣到钱他就会不觉得苦，从没有为了自己经受的苦难而流泪。

生性坚强的父亲，把一生的泪水都集中到了他的暮年，他的最后的年月活得不舒心并不仅仅是因为他的儿子，他的女儿们（包括我自己）也没有做到让他心情好，一说起来都是各有各的理由，谁也没有想到过应该让父亲在人间最后的日子里心情舒畅……

父亲死后，我在父亲的遗物里看到一张信纸，那是父亲在母亲去世百日那天写给母亲的信的留底，上面写着：

赓虞：

自从你到人民医院监护室之后，又由监护室去往西天，至现在已经一百天了，我实在太想你了，不知你现在在哪里，我给你烧去很多的钱，也不知你收到没有，深以为念，我真诚地希望你用什么方法告诉我你的情况和我们给你的钱收到没有，托梦也可，你如果到家看我，我非常欢迎你，我真愿意你来看我，你很聪明，也必有灵验，旧历八月十五晚上或八月十六晚上，我给你送钱，地点在高碑胡同35号门前，你去取吧！

祝你好，不要惦记我。

蔼光
旧历八月十三日

父亲在给母亲写这封信的时候，一定是泪流满面。
父亲一定是以为母亲能够收到这封信。

十

别离母亲和父亲

仔细地想一想，生生死死伴随着你的一生。单只是说经历死亡吧：领袖逝世、领导去世、亲戚死、朋友死、老师死、同学死，死亡会离你越来越近……而真正让你觉得"经历"了死亡、使你的心受到"损伤"、让你的心懂得了什么是"别离"的，却只有父亲和母亲的死。

母亲给我留下永远的思念和遗憾

1993 年 10 月 2 日，我和洪子诚从东京回到北京，第二天，我专门跑到高碑胡同 35 号父母那里，把我自己挣的四千美元交给了母亲，母亲对我说："我真高兴，这回我和你爸就不再担心咱们没有公费医疗了，再加上老三给我们的五千［老三是教委从人民大学公派出国到京都女子大学教汉语的正式教师，挣工资；我是洪子诚的随行家属，在东京大学也教汉语，叫作"非常勤（临时工）"教师，报酬比正式教师微薄］，我们就有快一万美元了……"那是在北京的"万元户"还被羡慕的时候，老三和我给母亲带回的安全感……

过了几天，妹妹们一起到我家告诉我，母亲在六月份已经确诊为结肠癌晚期，已经做过手术，目前正在化疗，兄妹们因为怕父亲和母亲承受不住，所以和医生达成协议"瞒着"他们俩，父亲和母亲都只知道是"肠梗阻"——母亲吃的化疗药，都是妹妹们从医院取回来，改装了药瓶再交给父亲和母亲……

我的心先是空了一下，马上茫然地明白了三天前为什么母亲的面容让我觉得憔悴和异样……而最让我心中不安的是：这性命攸关的事情为什么要"瞒着"父亲和母亲呢？父亲是处理有关母亲治疗问题的决定者，父亲和母亲一生一世都是"有担当"的人，我们之中哪一个的"承受力"可以超过父亲和母亲？以父母的聪明和练达，他们是真的不知道吗？还是他们不愿意说破呢？……

眼看着母亲经历了貌似"好转"，然后病情开始"恶化"，七个多月之后的春天，我们又把不能进食、总在呕吐的母亲送进了人民医院。

那是 1994 年的 4 月底或者 5 月初，在"面的"上，我抱着瘦骨嶙峋的母亲，母亲望着车窗外迎面而过的柳树，轻轻地说："树都绿了，活着真好。"我的心里忽然生出"不祥"的感觉，而且，似乎这个"不祥"来自母亲内心的思绪。

母亲又一次被我们送进了手术室。直接的原因是：主刀大夫说是母亲开刀以后会有半年的时间，而父亲希望在这段时间里试一试一个妹妹提供的偏方（服用核桃树枝煮成的黑鸡蛋），母亲本人的意愿和决定权已经没有人考虑……

母亲并不愿意第二次开刀，在我值班的时候曾经对我说："你是我的大女儿，我一辈子都没有求过你，你想想，我今年已经七十七岁了，我还能再活七十七吗？我不想再开刀了，你和他们去说说……"当时的我思绪混乱，既从心底同意母亲的说法（开刀对于母亲来说还有意义吗？），也对黑鸡蛋（小妹说她的同学说吃核桃树枝煮鸡蛋，可以治疗癌症）存着希望，"开刀化疗"是当时西医对付"癌症"的标准做法。母亲第一次手术的时候我还在日本，那时候一切的决定和对母亲的照顾都是父亲和兄妹们担当的。当时，是父亲决定先不要告诉我，让我能够在日本按期回国。现在的第二次开刀也得到了父亲的同意（父亲相信偏方），兄妹们也都同意，我能够说三道四去阻止开刀吗？当时母亲看我除了流泪之外什么也没说，就绝望地闭上了眼睛……

从手术室推出来的母亲身上插满了管子（氧气管、排尿管、排血管、输液管……），在这之后，大袋大袋的透明的、白色的、红色的（抗生素、营养药、葡萄糖、血液）液体，通过一条细细的管道，一滴一滴的从母亲的手背上，输入母亲的身体，我们四姐妹十二小时日夜轮班，五十九岁的兄长和七十五岁的父亲天天到场、商量决策……

这一次母亲的伤口在拆线之后内层没有长上，那天，我眼看着一个实习医生在清理母亲伤口的时候，用镊子轻轻一戳，伤口表面就崩开了，流出了一股颜色难看的汤水，实习医生擦净了汤水就用药布盖上母亲的伤口，贴上了胶布。另一次在我值班的时候，平时大便干燥的母亲，不断地淌出气味异常的稀稀的大便，我不断地用卫生纸擦拭，那是母亲最后一次大便……那天，我心里出现了不祥的预感，想起了多年前，我上小学的时候，母亲在外祖母去世之前，戴着口罩用手从外祖母的肛门里往外抠大便——因为外祖母已经多日不能大便了……在中国，这是传统中女儿对于母亲的应该应分啊！

在这之后，大夫们不再有什么乐观的话语、每天的查房也都是在母亲的病床旁边匆匆而过……护士们每天都互相推诿着，谁也不愿意来给母亲扎吊针，因为母亲的血管已经变得脆而薄、不断地向外渗血、渗液……

终于有一天，在我值班而且父亲也在的时候，母亲喘气不止……然后是值班大夫化验了母亲血中的含氧量，然后是提出"上呼吸机"，让家属签字，父亲和我徒然地商量何去何从，记得我问医生："上了呼吸机还会再拔下来吗？"医生说："等她自己可以呼吸的时候，就可以拔下来了"，看着气喘吁吁的母亲，我和父亲没有选择，不能不签了字……在一个男护士把呼吸机的管子粗暴地插进了母亲的喉咙的时候，我仿佛听到了母亲的喉咙被他们给戳伤了的声响，只是母亲因为"反抗"而被注射了针剂之后，已经失去了感觉和说话的权利……母亲被推进了特护"监护室"，不许家属陪床和看护……她从此以后就没有再说过一句话——许多年之后，我才意识到，我和父亲把母亲送进"监护室"的那一刻，就是我与母亲的生离死别。

之后的有一天，父亲和兄长值班，让我们四个女儿为母亲缝制装裹（单、夹、棉衣裤）。

母亲在 1994 年 6 月 14 日（旧历甲戌年五月初六）去

世了，那天晚上，医院电话通知我们：母亲咽气了，父亲和妹妹们都赶到医院去见母亲的最后一面，父亲说我有心脏病，让我留在家里为母亲烧"倒头纸"……那一年母亲七十八岁，父亲七十五岁。

在母亲火化的那天，父亲仍然不让我去八宝山参加母亲的火化，他担心我的心脏病。我给母亲写了最后的一封信，装在母亲的大衣袋里，上面写着：

妈妈：您走了。一个人。

不知道黄泉路上冷不冷，我们做的衣服能不能为您抵挡风寒。

从此，您不再需要我们洗脸、洗澡、喂饭、值班了。您也不必总觉得"妈不好，妈把钱都送到医院来了。""妈不好，害得你们天天跑医院"了。

您对我说："妈命苦，你和老三把钱挣回来了，咱们刚好了，妈就得了这个病。"

您对我说："等妈出院了，咱们回高碑……"

您去监护室之前最后对我说："小柜子里有咱们的东西。"小柜子里面的那二百块钱对于您来说是值得记挂的东西。

……

您十八虚岁从中门庄，以吴倬堂老爷的外孙女、翰林小姐的身份嫁入么家，谁都能想象您经历了多长时间的悒郁和劳累。

十
别离母亲和父亲

243

您是个感情细腻、也最需要温情的人，偏偏我爸爸又是粗多细少、不善体贴。

您珍惜脸面，神情之中总带着官宦小姐的高雅，即使对于女儿也从不说过头话。

您希望生活好、心情舒适，喜欢去公园、喜欢看花，可是您一辈子都在为我们筹划吃穿、筹划教育，一辈子都在穷困之中度过。

您的一生经历过那么多大起大落：挣钱赔钱、买房卖房、变卖首饰直至变卖破烂贴补家用、儿女远去、年逾五十下乡务农……

…………

为此，您叮嘱我们："别嫁错人。"

为此，在1963年，一家七口人每个月只有不到四十块钱收入的时候，您让我上了北大，给了我最好的"将来"，您总是说："穷就穷一辈，苦就苦一辈，不能辈辈苦。"您和父亲做到了。

您天性自尊，为人处事让人尊敬，包括您的儿女、女婿和孙儿女们，都想不出您曾几时失了身份。"富贵不能淫，贫贱不能移"您对我说过，您做到了。

在屡屡的逆境之中，您从来不绝望：1962年，您说："等到粮食不限数了，妈整天给你们做饭吃。"我们小的时候，您说："熬得我女儿们都大学毕业就好了。"我们都在外地的时候，您说："等调回北京就好了。"在下乡的时候，您说："等回城里就好了"……

后来，一切都像您说的那样了，可是，我们总是没有让您过上富裕舒心的日子。

…………

您对我说过："气是清风肉是泥"，而今，您已经回归自然，带走了您的许多牵挂和不及说出的愿望、打算。是我签字把您送进了监护室，我知道您还有许多话要说，所以我总觉得我可能做错了，我不敢期望您的原谅。

…………

如果果真有天堂地狱，我想，您一定是在天堂；如果果真有天、地、人三界，我想，您一定是做了花神；如果果真有六道轮回，我想，您一定会转生到一块净土。

…………

书仪

1994 年 6 月

父亲为母亲和自己买下了离京张铁路的青龙桥站詹天佑铜像不远的"八达岭陵园"中的一方墓地，碑石上写着："故显考么炳辉字蔼光、妣么李赓俞之墓"（母亲从来并不认可在她的名字前面加上父亲的姓氏，可是，她已经不能做主）上款是双行小字，母亲的生卒年"丙辰五月十八日生，甲戌五月六日殁"描了金，父亲的卒年空着，姓名和生年都没有描金。下款写着我们兄妹五人的名字。碑上的字是请三妹的同学——吴汝纶的孙女吴鸥写的……

几年之后我听说：那个我们熟识的人民医院的护士长的母亲也确诊为"癌症晚期"，她的做法是：让母亲安安静静地躺在家里，让她平静地度过自己最后的时日，她只是从医院为母亲买了足够的止痛药，让母亲死得没有痛苦……母亲的去世让我终于明白了，当时的西医对于晚期结肠癌症并没有什么有效的治疗办法，"手术成功""病灶全切掉了""情况不错"等全都是"手术实施当时"有着特殊含义和可以另外"解释"的医学术语，和一般的老百姓的思路和理解都相去甚远甚至于南辕北辙……母亲受到的那一套标准做法——开刀化疗只是让病人受尽磨难和花钱，我真是后悔，为什么当时自己没有站出来反对第二次开刀，至少可以让母亲少受一次开刀的苦啊……可是事到如今的现在还说什么呢？

直至今日，中国普通百姓的"癌症晚期"几乎都还是一个共同的"流程"：进医院、开刀、化疗、扩散、再开刀、再扩散、死亡……每个人都是一入医院就安装上按照小时计价的监护器、身上插满管子……儿女们则是忙着给医生送礼、送钱，给护士送饮料、送水果……而这一切只是因为没有人告诉他们："癌症晚期"的真正前景……他们（病人和他们的子女）本来有权力可以为自己、为他们的父母选择一种平静的死亡……

在母亲的病床旁边，我曾经绝望地想：我应该事先在"遗嘱"里，为自己完成本来应该是人人都有权拥有的真正的"选择"权，将来，我如果得了癌症，在最后的日子里我不想苟延残喘的多活几天，也不想让女儿在众多的虚假的"选择"中为了我而多花许多冤枉钱……

母亲去世以后，她的音容笑貌，已经随着清风逝去，我的心也留下了一个一碰就会流血的伤口……五年之中，母亲的死一直跟随着我，我一直在检讨自己对母亲做错了什么：

我当然应该把母亲的真实病情告诉父亲和母亲？

我当然应该支持母亲自己的意愿、提出不同意给母亲做第二次手术？

是不是我不应该签字让母亲"上呼吸机"？

母亲在监护室上了呼吸机之后的五天是不是最最痛苦的时候？

那五天里她想对我们说些什么？

……

这一切都成为我内心的痛苦和永远不能解脱的思念和遗憾……

母亲去世时我四十九岁，随着年龄的增长，我不断地发现自己"对不起母亲"的地方：

当我五十岁左右，自己开始经历"更年期"的时候，才知道这件事的非同小可，我想起母亲五十三岁开始下乡，她的更年期是在农村度过的，我想不起母亲曾经对我倾诉过什么，只是记得有一段时间她总是睡觉不好，似乎是神经衰弱、总是胃口不好，什么都不想吃，似乎是胃病……

记得母亲轻描淡写地对我说过："心乱！总是觉得不舒服！"让我至今后悔不已的是：那时候，我们谁都没有仔细地关心过她的身体变化，谁都知道母亲长久以来总是"身体不好"，可是谁也没有用心地研究母亲的病，给她认真的做一下体检——那个年代去医院只是看病，还没有"体检"一说……

当我"花甲"前后，各种疾病缠身的时候，我计算了一下母亲的六十岁是在 1976 年，隐隐约约想起母亲在北流村和回到北京之后，越来越消瘦，饭也吃得越来越少，一顿饭只吃七个饺子……让我至今后悔不已的是：那时候，我们各自都是在关心着自己的事情、似乎都没有意识到这是母亲在逐渐地衰老、也都没有想到过给母亲增加点营养品——当时有没有营养品呢？……

当我的女儿离我越来越远、经常感觉到"寂寞"的苦味、体味到期盼与女儿相聚心情的时候，我才想起母亲站在北流村的北坎沿儿久久地望着远方的身影——那时候，五个儿女全部都离她而去了。

想起母亲在七十岁以后，每当我回家看望父亲和母亲的时候，母亲每次都是把我送到高碑胡同 35 号的大门外，然后站在大门口，我走到胡同尽头拐弯处回头看，母亲仍然站在那里远远地望着我……可我从来没有认真地"理解"过母亲的心。

想起母亲曾经说过"特别愿意"和我一起去逛公园，愿意听我"讲典故"，我每次都是说："现在太忙，过些天我跟您逛公园……"一个"忙"字曾经是我最正当、最真实、最容易说出口、也最容易受到父母谅解的理由，同时也是最好的挡箭牌……当时我还不知道人其实没有很多"将来"。

母亲也说过"住在北大校园里多好，就像是住在公园里"……我曾经住在北大西门对面的蔚秀园十五年，北大校园就是母亲心中的"公园"，我怎么就没有想起每年接母亲哪怕是住上一天两天呢？

这一切也成了我内心的痛苦和永远不能解脱的憾事……

父亲一去让我的心"空了"

父亲是在母亲死后十一年、他八十六岁的时候去世的，他死于一个偶然的起因导致的必然后果，就像所有的老人的死一样。

2004年9月20日，父亲独自骑了自行车进城，就在兵马司胡同父亲出了事：当晚十点当我们姐妹四人把父亲送到人民医院急诊观察室的时候，躺在担架床上的父亲已经不是原来的父亲了：眼光迷离、精神恍惚、语言混乱、行为失控、无法对话，只是反反复复起床、找鞋、喃喃地说"回家"……他的右耳上方有一块血肿，洇着血……

CT结果是"蛛网膜下腔出血"，人民医院一直没有床位，两夜一天之后，靠妹妹的关系，大家把父亲送进了北京医院的"神内科病房"……

之后就是例行的交钱、轮流值班、讨好大夫、讨好护士、讨好护工……

兄长在人民医院住院时的1960年代，打扫病房卫生、给病人接屎接尿都是护士的事，不用家属陪床，而如今的护士们只管扎针、送药、聊天，打扫卫生是医院雇用的临时清洁工，看护、伺候病人的是家属花钱雇用的护工，从农村来的护工都住在医院的地下室，由医院派专人对他们领导、分配并且"抽成"，北京医院的护工每昼夜向病人家属收费七十五元，护工说是只得到三十五或四十元，医院抽成一半左右，进了城的农民护工已经很少质朴和良心，只是觉得天天在城里受到不公平的待遇……

经过一个月的治疗以后，父亲的病情得到缓解，10月18日，医生让我们把脑子里还有积血，但是已经可以对话的父亲，接回了家。后来我们才知道，这种脑血管出血，如果当时进了天坛医院这样的专科医院，有可能的积极做法是从颅内清理出瘀血，这样做前途有二：一是恢复，二是当时死亡。北京医院的神内科选择了对医生来说是最保险的做法——保守治疗，各种输液之后，让我们把活着的父亲接回了家。

父亲出院之后，在清醒和糊涂之间又活了二百三十八天……在二百三十八天之中，父亲清醒的时段逐渐减少，糊涂的时候越来越多，CT显示：他出现了多发性脑梗塞、脑血管多处出血、两个脑室也有血、脑萎缩、脑积水……

开始父亲还会关心他的《证券报》，关心他的柜子，给我们打电话，说话也入情入理，我们也希望父亲可以慢慢好转，帮助他按摩，在屋里锻炼，和他说话，后来就一天不如一天了。

父亲的死经历了九个月，九个月中我们更换了六个保姆，尚未退休的我们姐妹也会各自抽时间去看父亲、给父亲买菜、洗澡、对付保姆们的各种伎俩。当时我五十九岁，风湿性心脏病时有不适，已经没有能力在父亲生病时，以身作则地值班看护。

我们和父亲的生离死别是在二百三十八天里逐渐完成的，那是一个令人心碎的过程……

那是父亲的性格逐渐逝去的过程：父亲于家庭有强烈的责任心、对于挣钱有近乎执拗的事业感，我们眼看着父亲对于他的现金、账目、股票经历了从记挂到冷淡，最后撒手而去……

那是一个人的尊严逐渐失去的过程：父亲从来都是在女儿们面前衣衫整洁自持自修，在父亲逐渐不能"自理"之后，在女儿们和保姆都不再事先与他商议洗澡，就七手八脚地为他脱光衣服抬进澡盆的时候，我从他的眼光中看到了无奈和畏葸……

那是一个人的自主能力逐渐丧失的过程：父亲一生自重自立，在二百三十八天之中，我从他的眼光中看到了他对于六个保姆从警惕、不满到讨好，最后出现了畏惧……

那是一个人的生命特征逐渐逝去的过程：从每天翻检他的《中国证券报》、在厅里散步、打电话和老友叙旧、叙旧时落泪，到忘记了电话号码、忘记了自己要说什么、不想从沙发上站起来，再到总是从沙发上歪倒、自己不能使筷子、大小便失禁、卧床不起……父亲对我说的最后的话是：将来把我送医院，别让我死在老三的屋子里，要是那样，老三就没法住了（父亲当时住在世纪城老三的房子里）。

2005年6月8日，已经不能进食的父亲又被送进了海淀医院，父亲用无力的眼光看着我们，没有任何反抗的举动，不知道是他已经没有能力做出反抗，还是他的心里已经明了自己大限已到。

我们牢记着从母亲的死里得到的教训，到了医院就主动提出："只要是'治疗'就不惜代价，如果只为推迟死亡，我们决定：不做创伤性的抢救，不割喉管、不插呼吸机、不透析、不电击……"我们又一次在医院里签字……

父亲死于2005年的6月12日，阴历乙酉年五月六日，与母亲的忌日在同一天，那时候父亲八十六周岁。那一天我不在医院，大妹通知我的时候，我没有赶过去，我害怕亲眼看到父亲在我的面前彻底被死亡毁坏……父亲的火化我仍然没有去，我害怕面对赋予了我生命和知识的父亲化为灰烬……

我们都知道：冥冥之中的父亲选择了与母亲同一天去世，当然是为了我们在父母的祭日上坟祭奠不必跑两次。

九个月中，邯郸的兄长没有来北京看望和伺候父亲，我和妹妹们写信给他，他的回信总是说自己也在生病（膝盖疼痛、严重发炎之类），不能去北京，请求原谅。当时我年近六十，心脏常常感到不舒服，跑医院、值班、干活不仅不能够带头承担，还经常觉得力不从心，我暗暗想想：1994年母亲去世之前，兄长也是五十九岁尚未退休，每次他都是请假从邯郸坐火车、坐汽车风尘仆仆跑到医院病房，看着母亲的眼睛说："妈，儿子来了。"每次母亲都得到莫大的安慰。可是，这一次是怎么回事呢？我想：我已经没有能力干活值班了，长我十岁的兄长而今已经年近七十，退休金不到一千块钱，来北京伺候父亲需要出钱出力，他既没有力气也没有钱，让他拿什么来北京伺候父亲？让他怎么面对都比他有钱的妹妹们？

父亲去世五年后的2010年，兄长殁于老年痴呆症，我恍然大悟，明白了五年前父亲去世的时候，兄长已经病了。我找出兄长给我们回复的最后一封信，那已经扭曲的字迹应该可以看得出反常，而当时大家都没有特别地注意到这一点。

我们送父亲去了母亲那里，墓碑上面父亲的名字和生卒年都描了金……

回到父亲的住处，我们开始收拾父亲的遗物，父亲的抽屉里有一份没有写完的"遗言"，床上、写字台上、椅子上似乎都还有父亲的体温；一对精致而素雅的碟子、一只形制高雅的玻璃花瓶，那是1949年母亲在"困城"时候从一个日本女人手里购买的东洋货；一个龙龟玉件是父亲和母亲过"钻石婚"的时候，父亲从琉璃厂买来送给母亲的，母亲属龙，龟象征着长寿，那是母亲的心爱之物，它让父亲对母亲的温情溢于言表……

父亲一年四季的衣物已经全部在八宝山与父亲同时化成了灰烬，父亲和母亲的三个"炕厢"里面，除了几件陈年旧衣之外，就剩下一些不值钱的物品：1950 年代父亲走南闯北时所用的帆布提包、母亲的绣花线、拆下来的西服里子……父亲和母亲的家当早已经被我们姐妹吃得空空如也……

父亲留下了一口袋账本，他的习惯是：几十年如一日地"天天记账"，账本上记载着上从他的生意和股票买卖情况和价钱，下到母亲经手的买米、买面、买菜、买煤球的花销……父亲从他二十一岁出来做事开始，每年都有一本账，1966 年以前的账本，因为"文革"中害怕被说成"变天账"今已不存……

父亲在十二年的股票生涯中，留下了六十多本记载了几百种股票行情的资料，从 1993 年上市的"老八股"，一直到 2004 年"股改"之后上市的新股票……他仍然用从 1930 年代以来就使用的、从报纸上抄写、记录的方法，关注和分析市场行情。与从前不同的是，他付出了几倍的时间和勤奋，他的相信"勤勉"的生活原则仍然有效——他仍然做到了对于股市行情了如指掌，对于股票市场的新概念，竟然也可以无师自通、心领神会……

母亲死后，是"股票"让他每天都活得充实和精神抖擞、让他对于遥远的"希望"充满信心……他曾经希望过有儿女能够接受他成功的"经验"，他觉得自己的经验是一份宝贵的生财之道，自己之所以没有成功，是因为1950年之后，股票市场被取消，而1993年以后的中国股市干预和操纵的因素太多，只要将来股票市场正常化了，发财致富将会是手到擒来的事情……父亲对于自己的能力从不缺乏自信……

在父亲的抽屉里，还有他做"行商"时候的印章、他做"个体户"时候的印章、他的"北京市个体劳动者协会"的"会员证"，他在流村公社的"预分手册"——他的所有的"历史"……父亲真是个具有近乎病态的"认真"性格的人，他的所有的最可贵的优点和他所有的让人很难忍受的缺点、他的成功所由和他的很难为人理解和接受的生活原则，全部渊源于此。

我们把父亲的账本、父亲抄写的股票行情、父亲保存多年的票证信件全部装进了一个小柜子，作为公共的财产，父亲和母亲的其他用品大家自取……最后，一大堆没人取的东西——那些重叠着父亲和母亲手印和指纹的日用品，都进了废品收购站和垃圾桶……

当我们从废品收购站回到四大皆空的、父亲曾经的住处的时候，才意识到：从此以后，这个一直属于父亲和母亲，也曾经属于我们每一个人的"家"就真的没有了，那个曾经在任何时候都永远有着父亲和母亲的关爱和笑容，任何时候敲开门都会得到热饭、热菜和一张床的我们"永远的家"就真的没有了……

父亲去世之后我觉得我的心也空了，似乎我与死亡也就只剩下一墙之隔……

父亲和母亲的恩惠

父亲一生都坚守着作为"一家之主"的男人的责任：他觉得他的任务就是养活全家和把儿女培养成人。

嫁鸡随鸡的母亲一生都坚信"学而优则仕"，坚信"大学毕业"不仅能够脱贫致富，而且是可以"改变门风"的唯一的道路——母亲始终不能认同双盛永在文化上的不求上进。

父亲觉得：离开刘各庄、进入大城市，要从自己开始。

母亲觉得：我的儿女都要有体面的工作、女儿们都要自己挣钱，不用依靠丈夫。

父亲和母亲两个不同的生活理念，融合成为同一个奋斗目标，那就是：挣钱，把孩子们抚养成人和供孩子们读书。

父亲和母亲经常对我们说："你们好好念书，考上高中我们供到高中，考上大学我们供到大学。"他们俩在艰难竭蹶之中也常互相鼓励着说："要苦苦咱们一辈，不让它辈辈苦。"

和祖父和叔祖父一样，在父亲和母亲的心里，也有一个门第上的翻身的计划，为了实现这个计划，他们从一开始就准备投入自己的一生。

父亲和母亲背负着对于五个子女的期望，从长子 1942 年开始上小学，一直到最小的女儿 1974 年在北流村高中毕业，再盼到 1981 年我的研究生毕业、1982 年第三个女儿大学毕业，让我们受到了尽可能好的教育，让我们终生受用不尽……

他们用了整整四十年——几乎是用全部的有效生命和时间，赴苦勤劳①地编织自己的梦想、实践心中的诺言。

父亲和母亲今生今世的努力，得到了上天的眷顾和成全，他们的五个儿女之中有三个上到大学毕业，五个子女都可以做到"自立"，都有了体面而稳定的职业。

在"家族"的链条上，父亲是出类拔萃的商人，他使么家彻底完成了从农村到城市、从农民到商人的转变。

而母亲是用她的一生主持创造了一条新的回归书香门第的途路……

父亲和母亲对于我们的恩惠，让我们永世难忘。

---

① "赴苦勤劳"是作者常听父母说起的短语，似为河北丰润农村老百姓的口头语。——编者注

后　序

献给赐予我生命和知识的父亲与母亲

传统的力量原本是很强大的，我说的是二十世纪八十年代之前……

我的家族从祖父、叔祖父到父亲和母亲再到我们兄妹，三代人完成了从农村到城市、从农民到商人、从种田到以知识谋生、从识字寥寥到进入文化较高层次的转换，都是借助于"唯有读书高"这样在"当代"经常被批判的传统观念所产生的力量。

父亲和母亲叙述的祖父和外祖父，我们亲眼所见的父亲和母亲，他们不仅成功地按照他们理解的传统观念改变了自家的生存环境和社会地位，塑造了自己的子女，而且还把经过祖祖辈辈检验过的生活理念传授给了我们——说起来，他们在一定程度上实现了他们一生所确立的目标。

对于个人来说，政治和各种潮流的力量常常是不可抗拒的，史书上就记载了无数的悲欢离合，无数的挫折和无奈。

寻常百姓在政治和各种潮流中，只能寻找生存的缝隙，朝可能的最好结果尽力：我的父亲和母亲就是这样。

一年四季的每一天，都有新的故事重新开始，而八宝山火葬场的大烟筒每一天缕缕上升的青烟，也都带走了无数渺小的故事。没有人注意这些渺小，但它们都是各不相同的，有着血肉、苦乐、热度的人生。

…………

在我的记忆中，总是带着书香门第风致的母亲是上得厅堂下得厨房、长于应变和与人相处、有一颗善良之心的旧式女子；父亲则能屈能伸，从不以苦为苦，我们都习惯于他出门在外，那是他为了养家活口去挣钱了。

父亲有超常的记忆力和心算能力，而且打得一手好算盘，他的心算速度和准确性可以超过两个买卖人同时打算盘。小时候我常常目不转睛地看着父亲写账算账，父亲长长的手指飞快地拨弄着算盘珠，像是在跳舞也像是在弹钢琴。记忆最深的是过年的时候，父亲在家里祭祀先祖，他把点燃的一股香高高举过头顶，祭拜时凝重庄严的态度能够生发出肃穆的气氛，他磕头膜拜的姿势浸润着信仰，舒展大方……

父亲和母亲晚年的时候，从昌平北流村回城之后住在高碑胡同 35 号，从 1979 年到 1999 年，父亲和母亲在那间十平方米的小东屋住了二十年，后来，为了盖国家大剧院，那块地方被征用、拆迁，他们不愿意和任何一个女儿家"合并"，愿意自立，总说是"这里挺好，住在一起彼此都不方便"。也许在他们的心里，即使是"合并"，也只能是跟儿子而不是女儿吧？

那时候我每个星期都会回家看望父母，都会听到父亲和母亲讲古论今。母亲去世之后的 1996 年，父亲已是七十七岁的高龄，却还是记忆清晰、思路敏捷，我向父亲提议做一套录音磁带，记下父亲和母亲的一生一世，父亲同意了。他很用心地准备，写了一叠又一叠提纲……加上以前我给父亲母亲做的零零星星的录音，现在一共有三十六卷录音磁带可以聆听，就像是可以随时随地和父亲、母亲在一起。

父亲去世以后，留下了一大批自己的"档案"——生意账目、日用账目、工分账目、证券行情以及在历次政治运动中交代历史问题的底稿，父亲是个认真的人，也是胆小的老实人，为了避免因为一次又一次的交代之间互相出现矛盾而引出更大的问题，父亲每次都不厌其烦地把上交的"检查""汇报"等留下底稿。

我常常检视父亲遗物中一叠叠"交代历史问题"的底稿手迹，集中在 1955 年、1956 年、1958 年、1962 年的一次次"交代""揭发""补充细节"……让我常常可以一次又一次很感性地回想着父亲的一生一世，那些边角破烂发黄的、上面的字迹被反反复复涂改修整的、在不同的时间用宣纸信笺、高丽纸、片艳纸、再生纸写的字迹，带领我进入父亲和母亲颠沛坎坷的人生……

而这三十六卷录音磁带、父亲的遗物和我对于父亲和母亲的记忆，就是这本书最基本的依据。

母亲和父亲去世以后，我一直不能让自己忘记这样的心愿：把父亲和母亲的经历甘苦化成文字纪念他们，我想要他们知道我的感谢之心，感谢他们给了我生命和知识，尽可能给了我比他们好得多的生存环境，让我也经历了人生的况味……

因为这本书也写了我在人间走了一遭的辗转际遇，所以它也是我对于自己的纪念。

这本书来源于我记忆中的父亲和母亲的叙述和我对自己经历的记忆，"不虚美、不隐恶"是我的崇尚，也是我的遵循和希望。

么书仪

2009 年 12 月 9 日

图书在版编目（CIP）数据

寻常百姓家 / 么书仪著. -- 北京：社会科学文献
出版社, 2022.9（2024.12重印）
（年轮）
ISBN 978-7-5228-0328-9

Ⅰ.①寻… Ⅱ.①么… Ⅲ.①散文集－中国－当代
Ⅳ.①I267

中国版本图书馆CIP数据核字（2022）第109799号

·年轮·

寻常百姓家
_____

著　　者 / 么书仪

出 版 人 / 冀祥德

责任编辑 / 石　岩

责任印制 / 王京美

出　　版 / 社会科学文献出版社·历史学分社（010）59367256
　　　　　　地址：北京市北三环中路甲29号院华龙大厦　邮编：100029
　　　　　　网址：www.ssap.com.cn

发　　行 / 社会科学文献出版社（010）59367028

印　　装 / 三河市东方印刷有限公司

规　　格 / 开　本：889mm×1194mm 1/32
　　　　　　印　张：9.375　插　页：0.625　字　数：170千字

版　　次 / 2022年9月第1版　2024年12月第4次印刷

书　　号 / ISBN 978-7-5228-0328-9

定　　价 / 70.00元
_____

读者服务电话：4008918866